1本就通 小學生必備英文文法

實體書 + 有聲書

good!

全音檔下載導向頁面

http://www.booknews.com.tw/mp3/9789864543526.htm

掃描QR碼進入網頁後，按「全書音檔下載請按此」連結，
可一次性下載音檔壓縮檔，或點選檔名線上播放。
iOS系統請升級至iOS 13後再行下載，全書音檔為大型檔案，
建議使用WIFI連線下載，以免占用流量，並確認連線狀況，以利下載順暢。

小學生輕鬆學文法的祕密
情境學習、圖案解說、循序漸進、用聽的

文法與情境一起學習

你覺得美國父親會這樣子教小孩嗎？「John 我跟你說喔，boy 後面加上 's 就會變成所有格 boy's，意思是『男孩子的』…」如果美國父母不這麼教，為什麼我們一直以來都是這麼學英文文法，而且還學的不是很懂？其實美國小孩就是從日常生活的情境中直接「領悟」文法，當他看到開車的男孩，聽到「the boy's car」，就自然懂得所有格應該怎麼改，根本不需要死背文法規則。

看圖理解文法觀念

美國小孩也不是從一出生就能理解文法的觀念，也是從生活的情境中及圖案的解說中漸漸的意識到他講的英文有某些「固定性」（即我們所說的文法），所以看到兩台車子，自己就會加s，想講過去的事情，自己就會加ed。本書也透過圖解的方式，文法的概念用圖畫出來，讓你在使用的時候，腦袋就會像美國小孩一樣立刻有畫面，不會用錯。

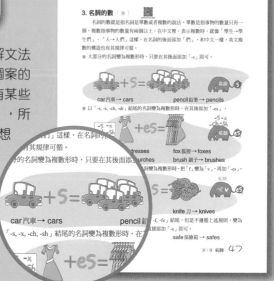

從簡單的循序漸進到困難的文法

美國小孩也不是一開始就會用「假設語氣」、「分詞構句」的文法，而是從最基本的一個單字，然後一個短句，最後才由每個短句發展成各類複雜的句型。本書也是用循序漸進的方式做編排，讀者可以先由簡單的文法開始理解、建構基礎，然後漸漸的發展到複雜的文法。本書的所有文法主題都有星號難度的標示，分別為難（★★★）中（★★）易（★），讀者可視能力學習，老師也能看狀況教授。

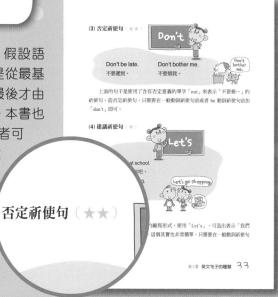

(3) 否定祈使句（★★）

Don't be late.
不要遲到。

Don't bother me.
不要煩我。

上面的句子是使用了含有否定意義的單字「not」來表示「不要做…」的祈使句。造否定祈使句，只需要在一般動詞祈使句前或者 be 動詞祈使句前加「don't」即可。

(4) 建議祈使句（★）

Let's

...t school.

...吧。

Let's go shopping

...的縮寫形式，使用「Let's」，可造出表示「我們...這個句子其實也非常簡單，只需要在一般祈使句...

※第3章 英文句子的種類 **33**

否定祈使句（★★）

第1章 ★ 會中文就會英文

其實，以中文為母語的我們學習英文有很大的優勢，因為中文的語序跟英文的語序很多是一模一樣的。但像日文、韓文的語序就跟英文差異很大。

 我　 喜歡　西瓜。
I　　like　　watermelons.

無論是中文還是英文，句子開頭的部分都是說話的主角，即「主詞」，中文中的「我」和英文中的「I」在這句話中的地位和功能是相同的，中...文的主詞都是在句子的開頭，而之後中、英文也幾乎可以完全照...跟中文一樣，主詞之後總是緊跟著表示行為或者狀態的「動詞」...們再透過下面的例句證明這個特點。

 我的名字　叫　凱西。
My name　is　Cathy.

10 第一部分 初次接觸 英文 文法

part1-ch1.mp3

其實，以中文...
文的語序很多是一...

24小時用聽的學文法

最後一個美國小孩跟我們學習的不同點在於，即使閱讀時間跟我們差不多，但美國小孩在英文的環境中，24小時耳朵幾乎都會接收到英文的資訊，使得美國小孩在潛意識中，自然形成了文法觀念。本書同樣利用這種方式，將文法解說與範例錄製成MP3，讓讀者學文法像外國人學母語一樣，用聽的也能學。

目次

I ♥ English

第二部分　詞類百分百活用

快查

第一部分
初次接觸英文文法

　　日常生活中，說話是每天都要做的事情。語言正是由一個個句子連結而成的。雖然我們認為講話似乎是在有意無意間自然形成的，但事實上，語言卻是依據一定的規律創造出來的。並非將單字單純地堆積起來就能造出句子。我們用母語說話時，即使腦中沒有在想這些規律，但互相還是聽得懂，這是因為我們已經習慣了母語的規律。

　　我們來聯想一下，和外國人用英文對話時的情景，就能瞭解了。外國人用英文說話時，不可避免地也會犯一些文法錯誤，例如放錯單字位置，漏說一兩個單字等等，這都是很正常的。這個時候，雖然對方的英文講得很流利，發音很好，但還是聽不懂他在說什麼，為什麼會出現這樣的問題呢？作為句子基礎的單字都有它自己的涵義和固定的位置。特別是英文，當句子內部單字的位置發生變化時，其句子的涵義也可能發生很大的變化。因此，位置放錯了的話，就自然無法傳達準確的意思了。為了使意思得到準確無誤的傳達，說話者必須遵循語言的規律，這就是我們所說的「文法」。

　　那麼，就讓我們一起來瞭解英文的文法吧！

第1章★會中文就會英文

part1-ch1.mp3

其實，以中文為母語的我們學習英文有很大的優勢，因為中文的語序跟英文的語序很多是一模一樣的，但像日文、韓文的語序就跟英文差異很大。

無論是中文還是英文，句子開頭的部分都是說話的主角，即「主詞」。中文中的「我」和英文中的「I」在這句話中的地位和功能是相同的。中文和英文的主詞都是在句子的開頭，而之後中、英文也幾乎可以完全對照，因為英文跟中文一樣，主詞之後總是緊跟著表示行為或者狀態的「動詞」。接下來讓我們再透過下面的例句證明這個特點。

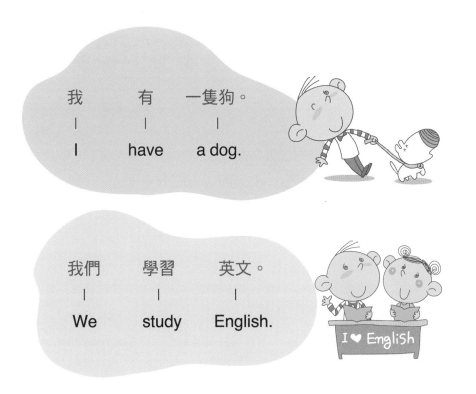

我　　　有　　　一隻狗。
｜　　　｜　　　｜
I　　　have　　a dog.

我們　　　學習　　　英文。
｜　　　　｜　　　　｜
We　　　study　　　English.

I ♥ English

　　在英文句子中，動詞總是緊跟著主詞出現，這一點正好跟中文一模一樣，**所以我們根本沒有學不好英文的藉口！**基本句子中最重要的要素是「主詞」和「動詞」。在動詞之後添加一至數個單字就能創造出完整而又複雜的句子。

就是這麼簡單！！

中文和英文的語序一模一樣，會中文就會英文！

種類	規則	例句
中文	主詞＋動詞 …	我們　玩　足球。
英文	主詞＋動詞 …	We play football.

第2章★英文句型的形式

　　根據所用動詞的不同，構成句子的要素也隨之發生變化。英文的句型大致可以分為以下五大類，我們將其稱為「五大句型」。

1. 第一句型（★）

part1-ch2-p1.mp3

主詞 ＋ 動詞

和下列句型相同的句子稱為第一句型。

中文	英文
我哭。	**I cried.**
你跑。	**You run.**
湯姆游泳。	**Tom swims.**

　　上面的這些句子都是單純由主詞和動詞構成的。在中文句中，「我」、「你」、「湯姆」這部分是主詞，「哭」、「跑」、「游泳」這部分相當於表示行為或者狀態的動詞。而在上面的英文句中，「I」、「You」、「Tom」是主詞，其餘的部分則是動詞。第一句型正是類似這樣，句子的核心要素為主詞加動詞。

就是這麼簡單！！

第一句型：主詞＋動詞

（例）She flies.

　　　她飛起來。

She　　flies

2. 第二句型（★）

part1-ch2-p2.mp3

主詞 ＋ 動詞 ＋ 補語

中文	英文
我是餓的。	**I'm hungry.**
妳是漂亮的。	**You are pretty.**
蘋果是紅的。	**The apple is red.**

請將上面的句子和下列要素結合起來思考。

A	B
我（I）	餓的（hungry）
妳（You）	漂亮的（pretty）
蘋果（The apple）	紅的（red）

上面的 B 部分為 A 部分提供狀態的說明。這裡的 B 部分就被稱為「補語」。「補語」的意思就是「加以補充說明的用語」。但是要注意哦，光有 A 和 B 部分是無法構成句子的。要構成句子，必須有連接 A 和 B 的「動詞」。

A	…是	B	
I	<u>am</u>	hungry.	
我		餓的	→ 我是餓的。
You	<u>are</u>	pretty.	
妳		漂亮的	→ 妳是漂亮的。
The apple	<u>is</u>	red.	
蘋果		紅的	→ 蘋果是紅的。

前面例句中的「am, are, is」被稱為「be 動詞」，be 動詞可以表示「是…」的意思。在英文中，形容詞「hungry（餓的）」可以修飾名詞，也可以直接做補語表示「肚子餓」。但是，「hungry」在作補語的時候，連同 be 動詞一起，構成「am hungry」的形式。最後，必須透過「am」將主詞「I」和補語「hungry」連接起來，構成句子。此外，和第一句型的一般動詞不一樣的是，第二句型的動詞不能單獨構成句子，而必須借助對該動詞加以說明或補充的補語來構成完整的句子。

就是這麼簡單！！

第二句型：主語＋be 動詞＋補語

（例）He is a boy.

　　他是個男孩。

Grammar Cafe

切記！be 動詞

　　在第二章「動詞」部分，我們會對 be 動詞做詳細的講解。因此，在這裡，我們只看看 be 動詞有哪些形態。be 動詞主要有三種形態，請將這三種形態連同句子的主詞一起記住。

I am a student.

我是學生。

You are a good swimmer.

你是好的游泳選手。

He is a doctor.

他是醫生。

3. 第三句型（★）
part1-ch2-p3.mp3

主詞 ＋ 動詞 ＋ 受詞

這次，讓我們一起來看看第三句型的例句吧。

中文	英文
我喜歡披薩。	**I like pizza.**
你知道我。	**You know me.**
蘇珊演奏小提琴。	**Susan plays the violin.**

在中文中「某人做某事」這樣的句型非常多。這裡的「某事」就是我們所謂的「受詞」。受詞是「承受動作的詞語」。第三句型即是由主詞、動詞和受詞三部分構成的句子。前面我們學習的第二句型，只有主詞和動詞，也同樣不能構成完整的句子，動詞後面還必須接上補語。第三句型也是如此，由主詞和動詞先構成「I like（我喜歡）」，那究竟喜歡什麼呢？於是，要在後面接上承受「喜歡」這個動作的受詞，才能構成完整的句子，如「I like pizza.（我喜歡披薩。）」。

就是這麼簡單！！

第三句型：主詞 ＋ 動詞 ＋ 受詞

（例）I like you.

我喜歡你。

I   like   you

4. 第四句型（★★）

part1-ch2-p4.mp3

下面我們來詳細講解一下第四句型。比起之前我們學過的英文句型，第四句型要稍長一些。首先，讓我們來看幾個例句。

主詞 ＋ 動詞 ＋ 間接受詞 ＋ 直接受詞

中文	英文
我給你一個禮物。	**I give you a present.**
你告訴我們一個故事。	**You tell us a story.**
媽媽買給我一個玩偶。	**Mom buys me a doll.**

與第三句型相比，第四句型除了有主詞、動詞和受詞以外，還多了另一個要素。那就是和「me」、「us」、「you」相當的成分。我們把這樣的成分稱為「間接受詞」。在什麼樣的情況下，我們需要使用間接受詞呢？先讓我們來分析「give（給）」這個動詞。有「給」這個動作，自然應該有「接受」的人。同樣的道理，「tell（講，說）」這個動作也一樣，需要聽故事的人，即句中的間接受詞。當「間接受詞」和「直接受詞」一起出現時，如同上面例句所示，間接受詞應該放在直接受詞之前。雖然這樣的句子稍微有點複雜，但是接觸多了，自然就習慣了。因為，「中文也是這樣！！」

就是這麼簡單！！

第四句型：主詞＋動詞＋間接受詞＋直接受詞

（例）He gives me a letter.

　　他給我一封信。

He gives me a letter

5. 第五句型（★★★）

part1-ch2-p5.mp3

最後讓我們一起來學習第五句型。首先，來看看例句。

中文	英文
我使他高興。	**I make him happy.**
你覺得薇琪漂亮。	**You think Vicky is pretty.**
他保持花乾燥。	**He keeps the flower dry.**

首先，我們一起來分析第一個例句。如果這個句子只到「I make him」就結束的話，就是第三句型的形式，「主詞＋動詞＋受詞」。但是，僅僅由這樣的成分構成的「我使他」卻不是一個完整的句子。要使句子完整，還需要用「使他怎麼樣」的單字來加以說明。同樣的道理，其他例句中句尾的單字也是用來對受詞的狀態進行說明的。

Vicky = pretty
薇琪　漂亮

flowers = dry
花　　乾燥

第五句型最主要的特點即是受詞之後會緊接著對該受詞狀態進行補充說明，像上面這樣，對受詞的狀態進行補充說明的單字被稱為「受詞補語」。雖然第二句型也有「補語」，但第二句型中的補語是對主詞的狀態進行補充說明，所以被稱為「主詞補語」，大家不要搞混了哦！

就是這麼簡單!!

第五句型：主詞＋動詞＋受詞＋受詞補語

（例）She makes me happy.

　　　她使我高興。

She　makes　me　happy

《英文的五種句型》

第一句型	主詞＋動詞
第二句型	主詞＋動詞＋補語
第三句型	主詞＋動詞＋受詞
第四句型	主詞＋動詞＋間接受詞＋直接受詞
第五句型	主詞＋動詞＋受詞＋受詞補語

第3章★英文句子的種類

　　根據句子表達內容的不同，可以將句子的種類分成若干類。在這一章節裡，就讓我們一起來看看英文句子的種類到底有哪些。

1. 直述句
part1-ch3-p1.mp3

　　直述句就是直接陳述事實的句子，主要分為兩大類，即「肯定句」和「否定句」。

(1) 肯定句（★）

I am a cook.
我是一個廚師。

　　像上面的例句這樣，陳述一個事實的句子就是肯定句。

(2) 否定句（★）

I am not a cook.
我不是一個廚師。

　　和肯定句相反，像「不是…」或「不做…」這樣否定一項事實的句子即是否定句。在造否定句時，我們通常會使用「not」這個單字。

根據動詞的不同，造否定句的方法也會稍有不同。

I am a student.　→　I am not a student.
我是學生。　　　　　我不是學生。

She is a teacher.　→　She is not a teacher.
她是老師。　　　　　她不是老師。

「am」和「is」都是 be 動詞。我們在前面已經對 be 動詞有一些瞭解了。be 動詞「am, are, is」根據主詞的人稱不同，呈現不同的形式。把帶有 be 動詞的句子變為否定句時，就像上面的例句那樣，在 be 動詞後加上「not」即可。

I can drive a car.　→　I can not drive a car.
我會開車。　　　　　我不會開車。

He will go home.　→　He will not go home.
他要回家。　　　　　他不要回家。

「can」和「will」是具有代表性的「助動詞」。助動詞，就是「給予動詞幫助的動詞」。關於助動詞，本書的第二部分「動詞」章節會進行詳細的講解。助動詞也和 be 動詞一樣，在其後加上「not」即可轉換為否定句。

I like carrots. → I do not like carrots.

我喜歡胡蘿蔔。　　　我不喜歡胡蘿蔔。

He swims well. → He does not swim well.

他游泳游得好。　　　他游泳游得不好。

　　be 動詞和助動詞以外的大部分動詞就是「一般動詞」。上面例句中的「like」和「swim」都是一般動詞。句中使用一般動詞這樣的情況，僅僅在動詞後加上「not」是不能構成否定句的。這個時候就要根據主詞的人稱，在「not」前面加上相應的助動詞「do」或者「does」。若主詞是第一人稱（I）、第二人稱（you）或者複數（we），「do」後面加上「not」後，使用一般動詞的「原形」即可。若主詞是第三人稱（he, she），「does」後面加上「not」後，使用一般動詞的「原形」即可。所謂原形就是「原來的形態」之意。比如，上面例句中的「swims」去掉「-s」後的形態「swim」就是動詞的原形。

就是這麼簡單!!

否定句構造

種類	規則	例句
be 動詞	be 動詞＋not	I am not a doctor.
助動詞	助動詞＋not	I can not swim.
一般動詞	do / does＋not＋動詞原形	She does not study now.

切記！**縮寫**

　　「I do not like carrots.」也可以說成「I don't like carrots.」。「don't」是「do not」的縮寫形式。將兩個單字縮寫成一個單字，這樣不僅看起來很簡潔，讀起來也很流暢。我們多讀讀英文句子，就會發現像這樣的縮寫形式非常多。不使用縮寫，雖然也不能算錯，但是我們會用更常見的表達方式，何樂而不為呢？

　　下面我們一起來看幾個使用了縮寫的例句吧。

I can not play the piano.　→　I can't play the piano.
我不會彈鋼琴。

You are handsome.　→　You're handsome.
你長得帥。

He is not Chinese.　→　He isn't Chinese.
他不是中國人。

What is your hobby?　→　What's your hobby?
你的興趣是什麼？

Let us go on a trip.　→　Let's go on a trip.
我們去旅行吧。

2. 疑問句

part1-ch3-p2.mp3

疑問句就是表達疑問、進行詢問的句子。在疑問句的句尾，要使用標點符號「？（問號）」。接下來，就讓我們一起看看疑問句有哪些種類。

(1) 一般疑問句（★）

形態最一般的疑問句，要在主詞前使用動詞或者助動詞。來看看下面的例句。

Is he a new teacher?

他是新來的老師嗎？

Can you read the alphabet?

你會唸字母嗎？

Do you like skiing?

你喜歡滑雪嗎？

這些疑問句都可以轉換為直述句，具體形式見下面的例句。

He is a new teacher.

他是新來的老師。

I can read the alphabet.

我會唸字母。

I like skiing.

我喜歡滑雪。

從例句中看來，直述句轉換為疑問句其實很簡單。包含 be 動詞「is」的第一個例句和包含助動詞「can」的第二個例句，只是將主詞和動詞的位置互換，即可將直述句變為疑問句。而和第三個例句一樣使用一般動詞的句子，在由直述句變為疑問句時，和由肯定句變為否定句時一樣，需要借助助動詞「do, does」。具體方法就是在句首使用「do, does」，在主詞後使用動詞原形。

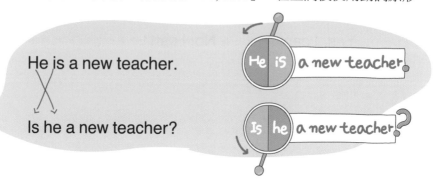

He is a new teacher.

Is he a new teacher?

I can read alphabets.

Can you read alphabets?

詢問關於對方時，疑問句中的主詞應該相對應地換為「你（you）」。

I like skiing.

Do you like skiing?

若句中的動詞是一般動詞，要在句首使用助動詞「do」。

現在讓我們試著回答前面的疑問例句。

Is he a new teacher?

    - Yes, he is.   - No, he isn't.

    是的，他是。   不，他不是。

Can you read the alphabet?

    - Yes, I can.   - No, I can't.

    是的，我會。   不，我不會。

Do you like skiing?

    - Yes, I do.   - No, I don't.

    是的，我喜歡。   不，我不喜歡。

在這樣的一般疑問句中，通常用「Yes」或者「No」來回答。因此，一般疑問句也被稱為「Yes-No Question」，即「Yes-No問句」。

在讀一般疑問句時，注意讀到末尾，聲調要上揚。

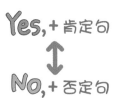

(2) WH- 疑問句（★）

WH- 疑問句是指包含「疑問詞」的疑問句。疑問詞主要有下面幾種：「誰（who），什麼時候（when），在哪裡（where），什麼（what），怎麼樣（how），為什麼（why）」。除了「how」，其他的單字都是以「wh-」開頭，因此稱為「WH- 疑問句」。下面我們來看看使用了疑問詞的例句。

Who is the girl?
那個女孩是誰？

She is my cousin, Jessica.
她是我的表妹，潔西卡。

Who?

When is your birthday?
你的生日是什麼時候？

It's March 2.
3 月 2 號。

When?

Where do you live?
你住在哪裡？

I live in Seoul.
我住在首爾。

Where?

What do you study?
妳學什麼？

I study English.
我學英文。

What?

How do I get there?
我要怎麼去那裡？

You can ride a bus.
你可以搭公車。

How?

Why are you late?
你為什麼遲到？

Sorry, I got up late.
抱歉，我太晚起床了。

　　從上面的例句看來，疑問詞一般都出現在句首。具體的寫法，就是將疑問詞放在一般疑問句的前面。要注意的是，有疑問詞的疑問句，讀到末尾時，聲調不需要上揚，降低音調往下讀就可以了。

(3) 選擇疑問句（★）

　　詢問時，為了讓對方在兩者間選其一，而使用這種選擇疑問句。

　　在造選擇疑問句時，詢問究竟選擇兩者中的哪一個時，要使用「or」來連接兩個選項。請看下面的例句。

Are you American or Canadian?
你是美國人還是加拿大人？

I'm American.
我是美國人。

Is he a singer or a comedian?
他是歌手還是喜劇演員？

He's a singer.
他是歌手。

也可以使用帶有「哪一個」這樣的涵義的疑問詞「which」來詢問。

Which do you like better, beef or chicken?
牛肉和雞肉中，你比較喜歡哪一個？

I like chicken.
我喜歡雞肉。

(4) 附加疑問句（★★）

附加的意思就是「添加成分」。附加疑問句就是附加在句子後面，加強確認或徵求對方同意的句子。「你是學生，不是嗎？」這句話中，「不是嗎？」這部分就是附加疑問句。造附加疑問句時，我們首先將直述句按照原本的形式說出來，然後將直述句中使用的動詞和主詞順序調換，再把它放在直述句的後面就可以了。具體的造句方法，請看下面更詳細的講解。

● 前面的直述句如果是肯定句，那麼附加疑問句就要改成否定；反之，前面的直述句如果是否定句，那麼附加疑問句就要改成肯定。

Steve is a genius, isn't he?
　　肯定　　→　　否定
史蒂夫是天才，不是嗎？

● 前面的肯定句中若使用 be 動詞，那麼後面的附加疑問句中也要使用 be 動詞；前面的肯定句中若使用助動詞，那麼後面的附加疑問句中也要使用助動詞；前面的肯定句中若使用一般動詞，那麼後面的附加疑問句中則要使用「do, does」。

Steve is a genius, isn't he?
　　be 動詞　　→　　be 動詞

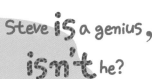

● 前面肯定句中的主詞，在後面附加句中要轉換為相對應的代名詞。

Steve is a genius, isn't he?

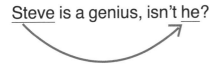

再來看看其它的例句。

You are John.
你是約翰。

→ You are John, aren't you?
你是約翰，不是嗎？

aren't you?

Yes, I am.
是的，我是。

Sarah can't swim.
莎拉不會游泳。

→ Sarah can't swim, can she?
莎拉不會游泳，她會嗎？

can she?

No, she can't.
不，她不會。

Tom watches TV.
湯姆看電視。

→ Tom watches TV, doesn't he?
湯姆看電視，他不看嗎？

doesn't he?

Yes, he does.
是的，他看。

　　在造附加疑問句時，應該根據前面句子中的動詞，選擇相對應的 be 動詞或助動詞用在後面的附加疑問句中，然後根據前面句子的內容，來決定後面的附加疑問句應該使用肯定還是否定。

否定疑問句，就是像「…不是嗎？」或者「…不做嗎？」這樣形式的句子。否定疑問句是用否定的形式來詢問。我們要特別注意該怎樣來回答否定疑問句，因為這和我們中文中回答的方式不同。

讓我們透過例句來學習。像「Can't she swim？（她不會游泳嗎？）」這樣的否定疑問句，如果用中文來回答，我們會說「是的，她不會。」或者「不，她會。」但是在英文中，如果用「Yes」來回答，後面必須接肯定句，用「No」來回答，後面則必須接否定句，要求前後一致。因此用英文回答這個問題的時候，應當說「Yes, she can.」或者「No, she can't.」。

(5) 間接疑問句（★★★）

間接疑問句對於我們來說可能還不太熟悉，因此也許會覺得有些難度，但是這種句型卻是日常生活中常用的。間接疑問句到底是什麼樣的呢？它最大的特點就是詢問的時候不直接問，而是轉一個彎間接地提出問題。詢問的方式也有好幾種，請看下面的例句。

Do you know <u>where he is now?</u>
你知道他現在在哪裡嗎？

<u>Where is he now?</u>
他現在在哪裡？

I don't know <u>what her phone number is.</u>
我不知道她的電話號碼是什麼。

What's her phone number?
她的電話號碼是什麼？

Please tell me when your birthday is.
請告訴我你的生日是什麼時候。

When is your birthday?
你的生日是什麼時候？

Can you tell me how the weather is?
你能告訴我天氣如何嗎？

How's the weather?
天氣如何？

　　以上的例句中，上一種問句形式和下一種問句形式實際上都是在問同一件事情。但是請先來仔細比較一下上面這些成對的例句。第一個例句中的「知道…嗎？」是轉了一個彎來進行詢問，和這樣的句子相同的就是間接疑問句。對於間接疑問句，要注意的一點是主詞和動詞的順序。其它形式的疑問句都和直述句相反，是「動詞＋主詞」的順序，而間接疑問句卻和直述句一樣，是「主詞＋動詞」的順序。

就是這麼簡單!!

疑問句構造

種類	規則	例句
一般疑問句	動詞＋主詞＋…？	Are you a student?
WH- 疑問句	疑問詞＋動詞＋主詞？	What is your address?
選擇疑問句	動詞＋主詞＋A or B？	Is this a violin or a cello?
附加疑問句	直述句＋動詞＋主詞	You're a cook, aren't you?
間接疑問句	疑問詞＋主詞＋動詞？	Do you know **who she is**?

3. 祈使句

part1-ch3-p3.mp3

祈使句就是發出命令或建議的句子，它和下面我們將看到的例句一樣，沒有主詞，直接以動詞開頭。祈使句有如下幾種類型：

(1) be 動詞祈使句（★）

Be quiet.　　Be careful.
安靜。　　　小心。

上面的句子是以 be 動詞開頭的祈使句。be 動詞原本有「am, are, is」幾種形式，但是在祈使句中，只能使用 be 動詞的原形「be」。

(2) 一般動詞祈使句（★）

Hurry up.　　Study hard.
趕快。　　　用功讀書。

上面的句子是以一般動詞開頭的祈使句。在英文中，最常出現的祈使句就是這種以一般動詞開頭的祈使句。這個時候，同樣也要使用一般動詞的原形。

(3) 否定祈使句（★★）

Don't be late.
不要遲到。

Don't bother me.
不要煩我。

　　上面的句子是使用了含有否定意義的單字「not」來表示「不要做…」的祈使句。造否定祈使句，只需要在一般動詞祈使句前或者 be 動詞祈使句前加「don't」即可。

(4) 建議祈使句（★）

Let's meet at school.
我們在學校會面吧。

Let's go shopping.
我們去購物吧。

　　「Let's」是「Let us」的縮寫形式。使用「Let's」，可造出表示「我們做…吧」這樣意思的祈使句。這個其實也非常簡單，只需要在一般動詞祈使句前加上「Let's」即可。

再來一點！ 【造祈使句時的注意事項】

　　造祈使句的時候，最應該注意的地方是必須使用動詞的原形。英文中，如同「I am」，「You are」，「He is」這樣的形式，動詞的形態要根據主詞的人稱相應變化。但是在祈使句中，必須要使用該動詞的原形。例如，「Speaks again.」這句話就是一種錯誤的表達，因為「說」這個動詞的原形是「speak」。根據動詞原形的變化規則，當主詞是第三人稱單數（He, She, It）時，動詞「speak」後要加上「s」變為「speaks」。在祈使句中，則必須使用動詞原形，因此這句話應該說「Speak again.」。

就是這麼簡單！！

祈使句構造

種類	規則	例句
be 動詞祈使句	Be + 形容詞	Be quiet.
一般動詞祈使句	一般動詞原形	Get up.
否定祈使句	Don't + 動詞	Don't go home.
建議祈使句	Let's + 動詞	Let's study.

4. 感歎句（★★）

part1-ch3-p4.mp3

　　像「啊，嚇死了！」、「哇，真可愛！」這樣表示感歎或者驚訝的句子，就是感歎句。那麼，怎樣用英文來表達感歎呢？

What a lovely day it is!

真是美好的一天！

What a surprise!

真是突然！

How beautiful she is!

她真漂亮！

How cute!

真可愛！

　　從上面的例句我們可以看出，英文的感歎句以「what」或者「how」開頭。「what」或者「how」本來的意思分別是「什麼」和「怎麼樣」，但是在感歎句中，這兩個單字卻並非其原來的意思，只有表現感歎或驚訝這樣的作用。

　　感歎句是強烈表現情感的句子，因此在一般的句子中不可缺少的主詞和動詞，即使在感歎句中被省略，也不會影響到句子意思的準確傳達，因為感歎句只需要將驚訝或者喜悅的情感表現出來即可。所以，像「Good！（做得好！）」、「Fantastic！（真精彩！）」、「Excellent！（真棒！）」等等這些僅用一個單字的句子仍然可以視作感歎句。

　　感歎句和我們接下來會看到的「感歎詞」一樣，都有很強烈的情感色彩。它們大多是無意間冒出的話，我們常在外國人的對話中聽到這樣的感歎詞。

Ouch! I tripped on a stone.

哎呀！我絆到一塊石頭了。

Wow! You're the best!

哇！你是最棒的！

Hey, what's up?

嘿，過得怎樣？

就是這麼簡單！！

感歎句構造

種類	以 What 開頭的感歎句	以 How 開頭的感歎句
規則	What＋a／an＋形容詞＋名詞＋主詞＋動詞！	How＋形容詞＋主詞＋動詞！
例句	What a great party it is!	How beautiful she is!

Grammar Cafe

切記！**感歎詞**

　　感歎詞是英文各詞類中的一類。驚訝、失望、憤怒等感情都可以用一個單字來表現。中文裡，「哎呀」、「啊」這樣的單字正是感歎詞。在實際對話中，比起感歎句，這樣的感歎詞使用的頻率是更高的。當我們看到雄偉壯麗的景象時，我們可能會說「真美！」，但我們可能更會使用「哇」這個感歎詞來表達自己的感情。在英文中，也是同樣的情況。

Oh!	哦！	Wow!	哇！
Aha!	啊哈！	Oops!	啊！
Ouch!	哎呀！	Eek!	呀！

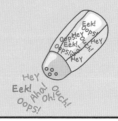

第二部分

詞類百分百活用

　　積木是我們小時候都玩過的一種玩具，在這裡我們可以把積木想像成修建房屋用的磚頭。試想一下，光是把磚頭一塊塊好好地堆砌起來，就能建造出好的房子嗎？其實造句也像造房子一樣，並不是將單字簡單地連接起來就可以的。單字就好比磚頭，而句子就好比是房子，只有當我們把單字放在正確的位置上時，才能造出符合文法的句子。

　　構成句子的各種單字，根據其在句中涵義和作用，大致可以分為八類。因此，我們把這稱為「八類詞」。

　　八類詞具體包括：顯示事物名稱的名詞（noun）；代替名詞使用的代名詞（pronoun）；表現運動性質的動詞（verb）；表現事物外貌和狀態的形容詞（adjective）；補充描述動詞和形容詞狀態的副詞（adverb）；用在名詞或代名詞前，連接單字以加入新內容的介系詞（preposition）；連接各單字或句子的連接詞（conjunction）；以及表現人物感情色彩的感歎詞（interjection）。感歎詞我們已經在前面和感歎句一起做了詳細的講解了。

　　是不是一聽到詞類這個感覺很複雜的名稱時，就有點害怕了呢？其實完全沒有這個必要，只要我們有條有理，循序漸進地來學習，就會發現詞類的理解其實並不難哦。

第1章★名詞

1. 什麼是名詞？（★）

part2-ch1-p1.mp3

所謂名詞，就是將人物、動物、場所、事物或思想透過名稱表現出來的詞。

人	動物	場所	事物	思想
teacher	cat	school	book	love
老師	貓	學校	書	愛
friend	fish	house	tree	hope
朋友	魚	房屋	樹	希望

看看上面的這些圖片，我們可以發現，有的名詞可以直接用眼睛辨別出來，而有的名詞卻不能直接用眼睛辨別出來。另外，上面的這些名詞中，有的的數量是可以數出來的，而有的卻不能。根據這樣的區別，我們就大致可以分出名詞的種類了。

就是這麼簡單！！

什麼是名詞？

將人物、動物、場所、事物或思想
透過名稱表現出來的詞。

2. 名詞的種類

part2-ch1-p2.mp3

(1) 普通名詞（★）

　　普通名詞就是非常普通的名詞。例如，「dog（狗）」、「book（書）」、「pen（鋼筆）」等這些動物或事物，它們的模樣可以直接浮現在我們腦中，而且具有固定的形象。

　　像這樣，表示普通事物名稱的詞就是普通名詞，而大部分的名詞都是普通名詞。

　　下面，我們一起來看看普通名詞在句子中的具體用法：

I will be a cook.
我要成為一名廚師。

Ed is an actor.
艾德是一位演員。

The book is mine.
那本書是我的。

　　上面例句中，「cook（廚師）、actor（演員）、book（書）」都是普通名詞。我們可以發現在這些名詞前面都有「a, an, the」這樣的單字，它們被稱為「冠詞」。冠詞是專門用在名詞前的一種詞類，下面我們就來進一步地學習冠詞。

切記！冠詞

a / an

當所要指示的事物並不明確限定是哪一個時，我們就要使用冠詞「a, an」，「a, an」也因此被稱為「不定冠詞」。不定冠詞在句中通常不必單獨解釋，不過若仔細分析其涵義時，便會發現不定冠詞都帶有「一個」的意思。因此，當名詞的數量大於一或者不可數的時候，我們就不能再使用不定冠詞「a, an」了。相反地，當指示不限定的一個事物時，就要使用不定冠詞「a, an」。

| a dog | a monkey | an elephant | an ostrich |
| 一隻狗 | 一隻猴子 | 一隻大象 | 一隻鴕鳥 |

我們可以看到上面例子中的「elephant（大象）」、「ostrich（鴕鳥）」這兩個單字前使用的是不定冠詞「an」。這是因為這兩個單字的開頭是以母音發音的緣故。母音是英文字母中「a, e, i, o, u」這五個字母的發音。除去這五個母音字母，剩下的就都是子音字母了。為了使發音自然，在以母音開頭的名詞前，就不再使用不定冠詞「a」了，而是用「an」。

那麼，當不定冠詞和名詞之間出現形容詞時，又會怎麼樣呢？

| a new apple | a new book | an old apple | an old book |
| 一顆新蘋果 | 一本新書 | 一顆舊蘋果 | 一本舊書 |

這個時候，就要根據不定冠詞後緊跟的那個單字的發音，選擇使用「a」或者「an」了。

the

　　當所指示的事物有明確限定時，我們就要用冠詞「the」，因此「the」被稱為「定冠詞」。仔細分析其涵義時，「the」可以解釋為「那個」的意思。

a book　→　the book ← mine　　　　a man　→　the man

　　例如，要用英文來表示「那本書是我的。」這個意思時，我們應該說「The book is mine.」。如果我們在這個句子中使用不定冠詞「a」，這句話就成了「A book is mine.」。這個時候，就會出現無法確定究竟哪本書是我的這種情況。因此，「A book is mine.」這句話成了一個表達不準確的句子。定冠詞「the」可以解釋為「那個」的意思，但是有的時候，也可以不解釋出來。另外，不定冠詞「a」或「an」只用在單數名詞前，但是定冠詞「the」除了用在單數名詞前，也可以用在表一個以上的複數名詞前。

(2) 專有名詞（★）

　　專有名詞和普通名詞有什麼不同呢？

普通名詞			
wizard 巫師	**cat** 貓	**river** 河	**city** 城市
專有名詞			
Harry Potter 哈利・波特	**Kitty** 凱蒂貓	**Han River** 漢江	**Seoul** 首爾

普通名詞是表示非常一般的事物的名詞；相反地，專有名詞則是表示世上唯一特有事物的名詞。像這樣表示特定的人物、動物、場所、事物等的名詞都稱為專有名詞。我們的名字就可以說是一種專有名詞。

專有名詞，無論位於句首、句中還是句尾，第一個字母一定要大寫。另外，因為專有名字都是世上唯一的事物，因此是不可數的，前面不能添加冠詞。

(3) 物質名詞（★★）

提到糖或水這樣的事物時，它們的模樣雖然可以馬上在我們的腦中浮現出來，但是這樣的事物卻沒有固定的形象，也不像蘋果或小狗那樣可以數出「一個、兩個」或「一隻、兩隻」。由於沒有固定的形象，當然就無法數出其數量了。像這樣不可數的名詞我們把它稱為物質名詞。下面例子中的名詞就都是物質名詞。

air	gas	gold	milk
空氣	瓦斯	金子	牛奶
paper	snow	sugar	water
紙	雪	糖	水

物質名詞無法「一個、兩個」這樣數出來，但是可以像「一張紙」、「一千克白糖」這樣，與計量單位連用。

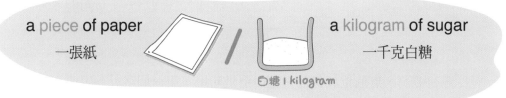

a piece of paper
一張紙

a kilogram of sugar
一千克白糖

　　像這樣與計量單位連用後，白糖這樣的事物就可以計算出數量了。但是要注意，與計量單位連用時，並不是將物質名詞複數化，而是將計量單位複數化，下面我們就來看看怎樣將計量單位複數化。

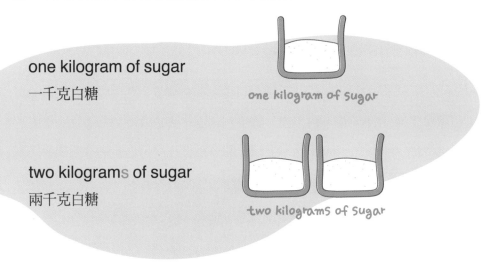

one kilogram of sugar
一千克白糖

two kilograms of sugar
兩千克白糖

one kilogram + one kilogram = two kilograms

　　除了上面的例子外，我們也可以使用像「a cup of coffee（一杯咖啡）」、「a glass of Coke（一杯可樂）」等這些計量單位。但是，在實際對話中，我們常常會說「A Coke, please.（請給我一杯可樂。）」或者「A coffee, please.（請給我一杯咖啡。）」這樣省略了計量單位的說法。

(4) 抽象名詞（★★）

先來看看下面這些單字。

ability
能力

anger
生氣

beauty
美麗

happiness
快樂

love
愛

nature
自然

　　這些單字所表示的都是聽不到、嚐不到、聞不到也看不到的事物。但是，這樣的事物能想像得到，也能感覺得到。像這樣表示感情或者思想的名詞被稱為抽象名詞。因為抽象名詞都無法具體名之，因此也是不可數的。所以，在抽象名詞前不能使用不定冠詞「a, an」，在其後也不能添加「-s」。

(5) 集合名詞（★★）

　　將人物們、動物們或者事物們集合起來並做一個整體來表達的名詞就是集合名詞。我們可以把我、父母、兄弟、姐妹這些人物集合起來，用一個單字「家庭（family）」來表示。像這樣，將數個事物當作一個整體來加以表達的名詞被稱為集合名詞。

由數個人組成的「小組（group）」，或者由數十個學生構成的「班級（class）」等，都被稱為集合體，因此這樣的名詞都可以稱為集合名詞。如同「一個家庭、兩個家庭」這樣，集合名詞是可數的。

(6) 複合名詞（★）

像下面例子這樣，兩個單字也可以合併起來構成一個單字。

seat belt	baby sitter	kitchen table
安全帶	保姆	餐桌

上面的這些單字，都是由兩個單字合成的單字。像這樣將名詞和名詞合併而成的新名詞就稱為複合名詞。我們通常都可以簡單地透過構成該複合名詞的各個單字的意思，來猜測出該複合名詞的意思。請看下面的例子。

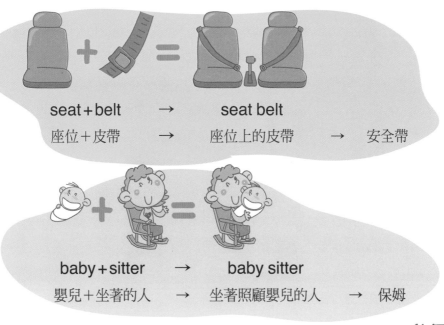

seat＋belt　　　→　　　seat belt
座位＋皮帶　　　→　　　座位上的皮帶　　　→　　　安全帶

baby＋sitter　　　→　　　baby sitter
嬰兒＋坐著的人　　　→　　　坐著照顧嬰兒的人　　　→　　　保姆

home＋work　　　→　　homework

家＋作業　　　　→　　在家做的作業　→　家庭作業

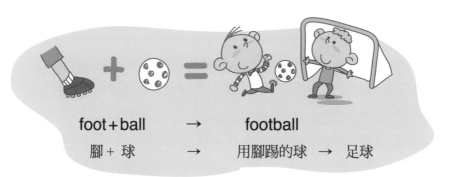

foot＋ball　　→　　football

腳＋球　　　→　　用腳踢的球　→　足球

就是這麼簡單!!

名詞的種類

可數名詞		不可數名詞		
普通名詞	集合名詞	專有名詞	物質名詞	抽象名詞
boy	family	Beethoven	paper	anger
dog	class	Korea	water	happiness

3. 名詞的數（★）

part2-ch1-p3.mp3

名詞的數就是指名詞是單數或者複數的說法。單數是指事物的數量只有一個，複數指事物的數量有兩個以上。在中文裡，表示複數時，就像「學生→學生們」、「人→人們」這樣，在名詞的後面添加「們」。和中文一樣，英文複數的構造也有其規律可循。

● 大部分的名詞變為複數形時，只要在其後面添加「-s」即可。

car汽車 → cars　　　　　　pencil鉛筆 → pencils

● 以「-s, -x, -ch, -sh」結尾的名詞變為複數形時，在其後添加「-es」。

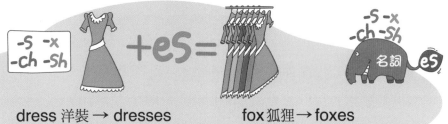

dress 洋裝 → dresses　　　　fox狐狸 → foxes

church 教堂 → churches　　　brush 刷子 → brushes

● 以「-f」或者「-fe」結尾的名詞變為複數形時，把「f」變為「v」，再加「-es」。

leaf樹葉 → leaves　　　　　　knife 刀 → knives

※下面的單字屬於特例，雖然以「-f, -fe」結尾，但是不遵循上述規則，變為複數形時，只需在該單字後面直接添加「-s」即可。

roof屋頂 → roofs　　　　　　safe保險箱 → safes

● 以「子音＋y」結尾的名詞變為複數形時，先變「y」為「i」，再加「-es」。

city 城市 → cities　　　　　lady 女士 → ladies

● 以「子音＋o」結尾的名詞變為複數形時，在該名詞後添加「-es」。

hero 英雄 → heroes　　　　potato 馬鈴薯 → potatoes

※下面的單字屬於特例，雖然以「子音＋o」結尾，但是不遵循上述規則，變為複數形時，只需在該單字後面直接添加「-s」即可。

　　　photo 照片 → photos　　　　piano 鋼琴 → pianos

● 有的名詞變為複數形時，則不遵循規則，而是進行不規則的變化。

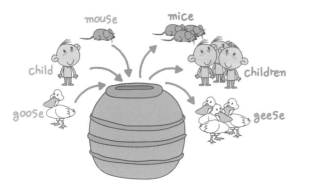

child 孩子　　→ children
foot 腳　　　→ feet
goose 鵝　　→ geese
man 男人　　→ men
mouse 老鼠 → mice
ox 牛　　　　→ oxen

● 有的名詞單數形和複數形同形。

deer 鹿 → deer
fish 魚 → fish
sheep 綿羊 → sheep

就是這麼簡單 !!

名詞複數形的構造

規則			例字		
（普通的）名詞	→	-s	girl	→	girls
-s, -ch, -sh, -x	→	-es	dress	→	dresses
-f, -fe	→	-ves	leaf	→	leaves
子音 + y	→	-ies	lady	→	ladies
子音 + o	→	-es	potato	→	potatoes

4. 名詞的所有格（★）

part2-ch1-p4.mp3

先來看看下面的圖片。

a dress
洋裝

a girl's dress
女孩的洋裝

a car
汽車

a boy's car
男孩的汽車

a ball
球

the boys' ball
男孩們的球

　　上面例子中用紅色標注的部分就是「所有格」。「所有」就是指「某人或者某物擁有某物」。在中文裡，名詞或者代名詞後添加「…的」，即可得到所有格。英文中則是添加「-'s」。

● 單數名詞變為所有格時，直接在該名詞後添加「-'s」。

the president	→	the president's plane
		總統的飛機
ox	→	the ox's tail
		公牛的尾巴
my boss	→	my boss's car
		我老闆的車
Jane	→	Jane's violin
		珍的小提琴

● 複數名詞變為所有格時，首先要確認該複數名詞的字尾。若字尾是「-s」，則直接在該複數名詞後添加「-'（apostrophe）」。

boys	→	the boys' ball
		男孩們的球
girls	→	a girls' middle school
		女子中學
students	→	the students' books
		學生們的書

● 複數形為不規則變化的名詞，在變為所有格時，和單數名詞變為所有格相同，直接在該名詞後添加「-'s」。

men	→	the men's shoes
		男人們的鞋
mice	→	the mice's tale
		老鼠們的故事

就是這麼簡單!!

名詞所有格的構造

規則	例字		
（普通的單數）名詞→ -'s	girl	→	girl's
以 -s 結尾的複數名詞→ -s'	girls	→	girls'
不以 -s 結尾的複數名詞→ -'s	men	→	men's

Practice 練習題

1. 今天是貝蒂的生日。貝克先生為了讓貝蒂和她的朋友們一起過個快樂的生日，特地為她準備了一個生日派對。請看下面的圖片，找出在派對上有哪些東西，然後使用正確的數字和名詞複數。

[例] five friends＝五個朋友　　　three cookies＝三塊餅乾

1) ＿＿＿＿＿＿ ＿＿＿＿＿＿ ＝蠟燭 ○ 根 [candle]

2) ＿＿＿＿＿＿ ＿＿＿＿＿＿ ＝棒棒糖 ○ 支 [lollipop]

3) ＿＿＿＿＿＿ ＿＿＿＿＿＿ ＝糖果 ○ 顆 [candy]

4) ＿＿＿＿＿＿ ＿＿＿＿＿＿ ＝三明治 ○ 份 [sandwich]

5) ＿＿＿＿＿＿ ＿＿＿＿＿＿ ＝刀 ○ 把 [knife]

2. 下面的句子如果是正確的請在括弧內打○，如果是錯誤的請打X。

1) I'm collecting comic books these days. (　　　)

　　我最近在收集漫畫書。

2) What pretty monkeys! (　　　)

　　多漂亮的猴子啊！

3) There are many fishes in the pond. (　　　)

　　池塘裡有很多魚。

4) Excuse me, can I get some water? (　　　)

　　請問，我可以喝點水嗎？

5) Six childs are playing in the ground. (　　　)

　　六個孩子在操場上玩。

6) There are three person in the room. (　　　)

　　房間裡有三個人。

7) She is a beauty. (　　　)

　　她是個美女。

第2章★代名詞

1. 什麼是代名詞？（★）

part2-ch2-p1.mp3

　　代名詞是「代替名詞來表示人物或事物的詞」。在句中使用代名詞，代替已經出現過一次的名詞，可以讓句子看起來更簡潔明瞭。請比較一下下面的例句。

> Jane **gives** Jane's cats Jane's cats' **food.**
> 珍給珍的貓咪們吃珍的貓咪們的食物。

　　上面的例句中，多次反覆地使用同樣的名詞，不僅使句子變得冗長，而且也讓人很難讀懂句子到底是什麼意思，再次分析句子的時候也難免會有混淆之感。下面我們把這些名詞換成相對應的代名詞，看看有什麼不同吧。

> Jane **gives** her cats their **food.**
> 珍給她的貓咪們吃牠們的食物。

　　像這樣，將名詞換成相對應的代名詞後，不僅句子變得更簡潔了，而且句子的意思也更加明瞭了。

　　不反覆敘述相同的話，而使用簡潔的句子，這是熟練掌握一口好英文的重要步驟。一個句子中，需要反覆陳述相同的名詞時，記住一定要使用代名詞代替相應的名詞。

就是這麼簡單!!

什麼是代名詞？

　　代替名詞使用的詞。

2. 代名詞的種類

part2-ch2-p2.mp3

英文中的代名詞非常多，大致可以將其分為五類，分別是「人稱代名詞、指示代名詞、不定代名詞、疑問代名詞和關係代名詞」。

(1) 人稱代名詞〔★〕

人稱代名詞是表示動作主體的代名詞。

上面例句中的「I（我）、you（你）、he（他）、we（我們）」都是人稱代名詞。除了這些以外，人稱代名詞還有「she（她）、they（他 / 她們）、it（它）」。

① 人稱代名詞的劃分（★★）

　　人稱代名詞可以分為以下三組：

● 第一人稱代名詞

　　第一人稱是指說話的人，即「我」以及「我所在的群體」。

Mike and I　　You and I

　　由此，第一人稱就是指「I（我）」和「I」的複數形「we（我們）」。

● 第二人稱代名詞

　　第二人稱指聽話的人，即「你」和「你所在的群體」。

You and Jane　　You and your friends

　　由此，第二人稱就是指「you（你／你們）」。「you」的單數和複數同形。

● 第三人稱代名詞

　　第三人稱指除了「我」和「你」以外的人或事物。

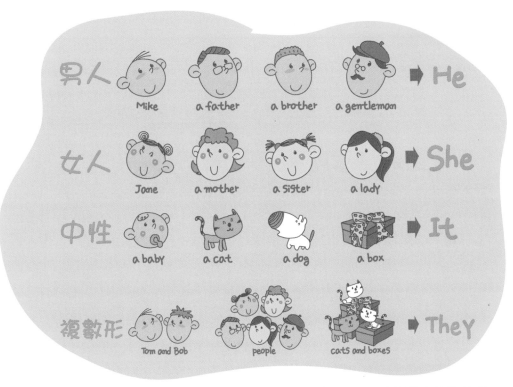

上面圖片中，「he（他）、she（她）、it（它）」以及這些單字的複數形「they（他們/她們/它們）」就是第三人稱代名詞。

②人稱代名詞的格（★）

前面，我們詳細講解了代名詞的各類人稱。下面，我們一起來學習代名詞的「格」。「格」代表句中單字所充當的角色或作用。句中單字若作主詞則是主格，作受詞則是受格，表所有權關係則是所有格。格發生變化，它的形式也要隨之發生變化。

人稱	數	性別	主格	所有格	受格	所有代名詞	反身代名詞
第一人稱	單數		I	my	me	mine	myself
	複數		we	our	us	ours	ourselves
第二人稱	單數		you	your	you	yours	yourself
	複數		you	your	you	yours	yourselves
第三人稱	單數	男性	he	his	him	his	himself
		女性	she	her	her	hers	herself
		中性	it	its	it	its	itself
	複數		they	their	them	theirs	themselves

　　像上面表格中這樣，代名詞根據「格（case）、數（number）和人稱（person）」的變化，形式也發生相應變化的情況叫做代名詞的「格變」。在使用代名詞的時候，必須要考慮格、數、人稱這三個方面。但是，我們沒有必要把上面這個表格像公式一樣死記硬背下來。使用多了，自然而然就熟練了。

　　下面，我們就針對代名詞的格，一個個地來講解。代名詞的格，根據其是代替主詞還是受詞的角色，可以分為五類。

● 主格代名詞（ ★ ）

　　主格代名詞是充當主詞或補語的代名詞。

He can speak English very well.　　　　[主詞]
他英文說得很好。

This is she(he).　　　　[補語]
（電話通話）我就是（你要找的人）。

- 所有格代名詞（★）

  所有格代名詞是用在名詞前表示擁有該名詞的人或物的代名詞。

  Tom's shoes are bigger than Jane's shoes.
  湯姆的鞋比珍的鞋大。

  His shoes are bigger than her shoes.
  他的鞋比她的鞋大。

  Tom's grandma is working in Tom's grandma's garden.
  湯姆的奶奶在湯姆的奶奶的花園裡工作。

  His grandma is working in her garden.
  他的奶奶在她的花園裡工作。

- 受格代名詞（★）

  受格代名詞可作直接受詞、間接受詞及介系詞的受詞。

  My teacher saw me.　　　　　　[直接受詞]
  老師看到我了。

  Mom bought me a new dress.　　[間接受詞]
  媽媽給我買了一件新洋裝。

  Can I go there with her?　　　　[介系詞的受詞]
  我能和她一起去嗎？

● 所有代名詞（★★）

　　所有代名詞是表示「東西是…的」這樣的所有關係的代名詞。所有代名詞就是如同下面例子中「代名詞＋名詞」的複合形式。因此，所有代名詞後面就不能再加上名詞了。

This book is my book.
這本書是我的書。

This book is mine.
這本書是我的。

● 反身代名詞（★★）

　　反身就是「回轉、返歸」的意思。反身代名詞是自己表示自己的代名詞。一般情況下，在代名詞的所有格或受格形式後添加「-self」即可得到該代名詞的反身代名詞。另外，反身代名詞的複數形要將「-self」變為「-selves」。

　　反身代名詞通常用於下列例句中的兩種情況：

(A) 受詞用法

She　　herself

He likes himself.　　　[動詞的受詞]
他喜歡他自己。

She looked at herself in the mirror.　　[介系詞的受詞]
她看著鏡子中的自己。

(B) 強調用法

　　為了強調主詞或者受詞,可以直接在該主詞或受詞後面加上反身代名詞。但是有強調作用的反身代名詞也可以省略。

　　　　Daddy himself made it.　　　[強調主詞]

　　　　爸爸自己做這個東西。

　　　　I want to see Tom himself.　　[強調受詞]

　　　　我想見湯姆本人。

就是這麼簡單!!

　　根據人稱(person)、格(case)和數(number)來分類的人稱代名詞的種類。

人稱	格	單數			複數
第一人稱	主格	I			we
	所有格	my			our
	受格	me			us
	所有代名詞	mine			ours
	反身代名詞	myself			ourselves
第二人稱	主格	you			you
	所有格	your			your
	受格	you			you
	所有代名詞	yours			yours
	反身代名詞	yourself			yourselves
第三人稱	主格	he	she	it	they
	所有格	his	her	its	their
	受格	him	her	it	them
	所有代名詞	his	hers	its	theirs
	反身代名詞	himself	herself	itself	themselves

切記！**代名詞 it**

「it」作第三人稱代名詞時，可以理解為「那個人」（It's me. 那個人是我。）。但是，當「it」作指示代名詞時，也包含「那個東西」的意思。

看看下面的例句吧。

Where's my book?
我的書在哪裡？
It's on the bed.
它在床上。

另外，如同下面例句中的涵義，「it」還有其它特別的意思。

How is the weather?
天氣怎麼樣？
It's rainy.
在下雨。

上面例句中的「it」，即不是「那個人」的意思，也不是「那個東西」的意思。這裡的「it」其實沒有明確的意思，只是模糊地代表天氣。這種情況下，代名詞「it」不帶有人稱的性質，因此被稱為「非人稱代名詞」。

下面我們來看看「it」作為非人稱代名詞的幾個例句。

It's two now.
現在兩點了。

It's April 5th.

今天是 4 月 5 號。

It's Friday.

今天是星期五。

How far is it from here?

那離這裡有多遠？

It's very dark in the room.

那個房間很暗。

　　在上面這些例句中，「it」作為非人稱代名詞，分別表示天氣、時間、日期、星期、距離、明暗等各種意思。

(2) 指示代名詞〔★〕

　　指示代名詞是指示像「這個、那個」這樣，表示特定的人物、動物、場所或事物的代名詞。指示代名詞包括「this（這個）」和「that（那個）」，以及它們的複數形「these（這些）、those（那些）」四種。

this	that
這個東西，這個人	那個東西，那個人
these	those
這些東西，這些人	那些東西，那些人

This is my teacher.

這是我的老師。

These are teachers in my school.

這些是我的學校的老師們。

That is a sea gull.

那是一隻海鷗。

Those are sea gulls.

那些是海鷗們。

就是這麼簡單!!

指示代名詞的種類

種類		涵義
單數	this	這個東西,這個人
	that	那個東西,那個人
複數	these	這些東西,這些人
	those	那些東西,那些人

This is my dog.

That's my father

(3) 不定代名詞

較模糊地指示人物或事物，或者表示數量的代名詞被稱為不定代名詞。不定代名詞有哪些種類呢？

① one（★）

不定代名詞「one」一般表示人物或者事物。這時的「one」和「一、二、三」數數時說的「one, two, three」不一樣。作不定代名詞的「one」的所有格是「one's」，受格同樣是「one」。

One must do one's **duty.**

一個人應該盡到他應盡的責任。

為了避免重複前面已經出現過的名詞，用「one」來代替，也是常見的現象。

Do you have a pen?

你有筆嗎？

Yes, I have one.

是的，我有一支。

這個時候的「one」模糊地指示「a pen」。如果指示的是特定的事物，那麼這個時候就不能用「one」了，而要用「it」。

Do you have the pen?

你有那支筆嗎？

Yes, I have it.

是的，我有那支。

「one」是代替「a＋名詞（模糊的事物）」，而「it」是代替「the＋名詞（特定的事物）」。

② other（★★）

「other」是模糊地表示「不確定的其它事物」的不定代名詞。但是若「other」前面加上定冠詞「the」後，可以指確定的其它事物。

Here are two dresses.
這裡有兩件洋裝。

One is mine, the other is yours.
一件是我的，另一件是你的。

如同上面例句中，出現兩個事物，而須表示「這一個、那一個」時，要分別使用「one, the other」。

「other」不能作為複數形式來使用，它的複數形是「others」，意思是「（模糊的）其它東西們、其他人們」。在「others」前面加上定冠詞「the」後，可以表示「（特定的）其它東西們、其他人們」。透過下面這些例句，我們可以看到「others」和「the others」的區別。

Some people like dancing, but others do not.
有的人喜歡跳舞，但有的人卻不喜歡。

要注意的是，「others」並非表示除了喜歡跳舞的人以外剩餘全部的人，而只是表示「（模糊的）其他人」。

There are ten people in the room.

房間裡有十個人。

Some are Americans, and the others are Canadians.

有的是美國人，剩下的全是加拿大人。

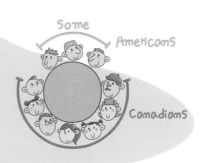

「the others」表示除去美國人後，剩餘的全部都是加拿大人。

③ another（★★）

出現三個以上的事物時，前面已經說出其中一個後，表示「另一個」時，通常使用「another」來表示。

I don't like this T-shirt. Show me another.

我不喜歡這件 T 恤。請給我看另一件。

表示三個以上時，分別用「one（一個）、another（另一個）、the other(s)（剩下的）」來表示。

There are some roses.
有一些玫瑰花。

One is red, another is yellow, and the other(s) are pink.

一朵是紅色的，另一朵是黃色的，剩下的是粉紅色的。

④ all （★）

All say so.

大家都這麼說。

All of us are happy.

我們都很快樂。

「all」表示「全部、所有」的意思。像上面例句中表示「所有的人」的時候，一般都是複數。但是，在表示「所有的事、所有的東西」時，卻作單數。

All is over.

所有的事都結束了。

因此，在表示人時，用「are」；表示事物時，用「is」。

⑤ some, any （★）

「some」和「any」都有「幾個」和「某個」的意思，它們都是不定代名詞。下面我們來看看使用了「some」和「any」的例句。

Some of these students are lazy.

這些學生中有的很懶惰。

I don't want any of them.

我不要它們中的任何一個。

I need some pens. Do you have any?

我需要一些筆。你有任何一支筆嗎？

正如我們在上面例句中看到的一樣，「some」主要使用在肯定句中，「any」則主要使用在否定句或疑問句中。

就是這麼簡單!!

不定代名詞的種類

一個	one（一個）
兩個	one（一個），the other（另一個）
三個	one（一個），another（另一個），the other（剩下的那個）
四個以上	some（一部分），others（另一部分），the others（剩下的全部）
全部	all（全部的人、全部的事、全部的東西）
幾個	some（肯定的幾個、某個）、any（否定的幾個、某個）

(4) 疑問代名詞（★★）

疑問代名詞就是將表示詢問的疑問詞以代名詞的形式呈現，它們都用在句子的開頭。疑問代名詞有下面三種：

who	which	what
誰	哪一個	什麼

① who

詢問人的名字或者關係的時候，使用「who」。

根據格的不同，「who」有主格、所有格、受格三種形式。

● 主格

Who is he?

他是誰？

He is Mr. Kim.

他是金先生。

| Who is that man? | He is my uncle. |
| 那個男的是誰？ | 他是我的叔叔。 |

● 所有格

Whose bag is this?

這是誰的背包？

It's mine.

是我的。

| Whose is this room? | It's my sister's. |
| 這間房間是誰的？ | 是我姐姐的。 |

「whose」後緊跟著名詞時，是代替「誰的」。「whose」單獨使用時，則代替「誰的東西」。

● 受格

Whom do you like?

你喜歡誰？

I like Jane.

我喜歡珍。

但是在日常對話中，「who」常常代替受格「whom」使用。

主格	所有格	受格
who	whose	whom

② what

「what」表示「什麼」的意思，常是對事物的詢問。若詢問對象是人時，則表示對職業或者身分的詢問。

● 主格

What is it?　　[事物]
這是什麼？

It is my diary.
是我的日記。

What is she?　　[人物]
她是做什麼的？

She is a doctor.
她是醫生。

● 受格

What do you want to eat?
你想吃什麼？

I want to have ice cream.
我想吃冰淇淋。

③ which

「which」用來確認是我們已經知道的幾個事物中的「哪一個」。

● 主格

Which is better?

哪一個比較好？

This one is better.

這個比較好。

● 受格

Which do you want?

你想要哪一個？

I want this.

我想要這個。

就是這麼簡單！！

疑問代名詞的種類

誰	誰的、誰的東西	誰	哪一個	什麼
who	whose	whom	which	what

(5) 關係代名詞〔★★★〕

　　中文並沒有關係代名詞這樣的詞類（中文直接在子句後加「的」字，將子句「形容詞」化），因此初次接觸的時候難免會感覺有點難度。但是，只要記住了幾個重點，你就會發現關係代名詞其實是很簡單很實用的，而且有規律可循。除了「that」以外，其它關係代名詞的形式和用法與我們前面學的疑問代名詞一樣，只是作用和意義有所不同。下面，我們就來系統地學習關係代名詞。

　　關係代名詞究竟是什麼呢？所謂關係代名詞，就是指「有將兩個句子合併成一個句子的連接詞作用」的代名詞。使用關係代名詞將兩個句子合併為一個句子時，合成的句子中必須包含單獨的兩句話中共有的單字。先來看看下面的例句。

> This is the book.
> 這是那本書。
> I bought the book yesterday.
> 我昨天買了那本書。

　　在這兩句話中，都有「the book」這兩個單字。下面我們就使用關係代名詞將這兩個句子合併為一個句子。

> This is the book which I bought yesterday.
> 這是我昨天買的那本書。

　　獨立句中的第二個句子的「the book」換成「which」後，兩個獨立的句子就合併成了一個句子。這說明，合併句中的「the book」和「which」表示同一個事物。

　　這時，關係代名詞「which」前的名詞「the book」被稱為「先行詞」。「先行」就是位於前面的意思。先行詞即是用在關係代名詞前的詞。關係代名詞有幾種，但是具體使用哪一種，要根據先行詞來決定。

① who

先行詞是人的時候，使用關係代名詞「who」。「who」在關係代名詞中，是唯一一個要發生格的變化的。作主格時用「who」，作所有格時用「whose」，作受格時則用「whom」。

● 主格

I saw a man who was stealing a wallet.
我看到一個在偷錢包的男人。

上面這個句子其實是由下面這兩個句子合併而成的。

I saw a man.
A man was stealing a wallet.

這兩個句子中都有「a man」這兩個單字。因此，第一個句子中的「a man」可作先行詞。先行詞「a man」是人，而且第二個句子中的「a man」作主詞，所以把兩個句子合併成一個句子時，要用表示人的主格關係代名詞「who」來替換第二個句子中的「a man」，剩餘的部分則按照原來的順序保持不變。

I saw a man.
A man was stealing a wallet.
　‖
Who ─────┐
　　　　　↓
I saw a man who was stealing a wallet.
（先行詞）（主格關係代名詞）

● 所有格

This is my boyfriend whose name is Tom.
這是我名字叫湯姆的男朋友。

This is my boyfriend.
His name is Tom.

‖

whose

This is my boyfriend whose name is Tom.
（先行詞）（所有格關係代名詞）

　　上面例句中的兩個獨立句子共有的成分是「my boyfriend」和「my boyfriend」的所有格「His（＝my boyfriend）」。先行詞「my boyfriend」是人，而且第二個句子中的「His」是所有格形式。因此，用所有格關係代名詞「whose」替換「His」，就可以將兩個獨立的句子合併成一個句子。

● 受格

This is the boy whom I teach English.
這位是我教他英文的男孩。

This is the boy.
I teach the boy English.

‖

whom

This is the boy whom I teach English.
（先行詞）（受格關係代名詞）

兩個例句中共有的單字是「the boy」，但是第二個句子中的「the boy」是表示「給、向誰」的間接受詞。因此，需要用受格關係代名詞「whom」來替換第二個句子中的「the boy」，將兩個句子合併起來。

②which

　　當先行詞是事物或動物時，使用關係代名詞「which」。第二個句子中和第一個句子共有的單字是主格或受格時，用「which」；是所有格時，則用「whose」或「of which」。

● 主格

　　That is the dog which **bit me.**

　　那是咬了我的狗。

　　That is the dog which **bit me.**

　　（先行詞）　（主格關係代名詞）

　　「the dog」是上面兩個句子共有的單字。「the dog」是動物，並且在第二個句子中作主詞，因此要使用主格關係代名詞「which」將兩個獨立的句子合併起來。

● 所有格

Look at the bird whose(=of which) leg is broken.

看那隻腿斷了的小鳥。

Look at the bird.

The bird's leg is broken.

　　‖

whose / of which

Look at the bird whose leg is broken.

　（先行詞）（所有格關係代名詞）

　　「the bird」和「the bird's」是兩個句子共有的成分，因此要用所有格關係代名詞「whose」或「of which」來替換「the bird's」，將兩個獨立的句子合併起來。

● 受格

This is the ball which he gave me.

這是他給我的球。

This is the ball.

He gave me the ball.

　　　　‖

　　　which

　　　↓

This is the ball which he gave me.

　（先行詞）（受格關係代名詞）

　　「the ball」是上面兩個句子共有的單字。第二個句子中的「the ball」是受格，因此要用受格關係代名詞「which」來替換它，將兩個獨立的句子合併起來。

③that

　　當先行詞是人物、動物或事物的時候，可以使用「that」做關係代名詞。「that」沒有所有格，因此只有作主格和受格的情況。而且作主格和受格時，形式都是「that」。

● 主格

I know the girl that is riding a bike.

我認識那個騎著自行車的女孩。

I know the girl.

The girl is riding a bike.

‖

that

I know the girl that is riding a bike.

（先行詞）（主格關係代名詞）

　　「the girl」是上面兩個句子共有的單字。第二個句子中的「the girl」是主詞，因此要用主格關係代名詞「that」來替換它，將兩個獨立的句子合併為一個句子。合併後的句子中，用「who」來代替「that」也可以。

● 受格

This is the watch that I want to have.

這是我想要的手錶。

This is the watch.

I want to have the watch.

$$\underset{that}{\|}$$

$$\downarrow$$

This is the watch that I want to have.
（先行詞）（受格關係代名詞）

「the watch」是這兩個句子共有的單字。第二個句子中的「the watch」作受格，因此要使用受格關係代名詞「that」來替換「the watch」，將兩個獨立的句子合併起來。

像上面這樣，當先行詞是人物、動物或事物時，都可以使用「that」作關係代名詞。

④ what

「what」是包含了先行詞「the thing（那個東西）」的關係代名詞，表示「…的東西」的意思。「what」和「that」一樣，沒有所有格，只有主格和受格，而且作主格和受格時，形式都是「what」。

● 主格

I like what is sweet.
我喜歡甜的東西。

I like the thing.
The thing is sweet.

$$\|$$

what

$$\downarrow$$

I like what is sweet.
（先行詞 + 主格關係代名詞）

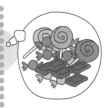

例句中的「what」有別於其它的關係代名詞，由於它其實是將先行詞和關係代名詞「合併」起來了，因此先行詞「the thing」要省略。另外，第二個句子中的「the thing」是主格，因此「what」在這裡也是作主格關係代名詞。

● 受格

This is what he read.
這是他讀的東西。

This is the thing.
He read the thing.
‖
what
↓

This is what he read.
（先行詞＋受格關係代名詞）

「the thing」是上面兩個例句共有的單字。第二個句子中的「the thing」是受格，因此「what」在這裡也是作受格關係代名詞。

就是這麼簡單！！

關係代名詞的種類

先行詞	主格	所有格	受格
人物	who	whose	whom
動物、事物	which	of which / whose	which
人物、動物、事物	that	—	that
the thing	what	—	what

Practice 練習題

1. 請將下列句中畫線的人稱代名詞改為正確的形式。

1) Tom and me went out for lunch. _____
   湯姆和我出去吃午飯。

2) Our will go camping tomorrow. _____
   我們明天要去露營。

3) I sent his an e-mail. _____
   我寄了一封電子郵件給他。

2. 請在下面的空格中填入正確的代名詞。

1) Look at _____, please.
   請看著我。

2) Daddy _____ cooked spaghetti.
   爸爸親手做了義大利麵。

3) I love John's brother. _____ name is Tommy.
   我愛約翰的哥哥。他的名字是湯米。

4) What's the date? _____ is May 10th.
   是幾號？是五月十號。

5) _____ is Mr. Brown, my English teacher.
   這位是我的英文老師布朗先生。

6) _____ bag is this?
   這是誰的背包？

第3章★動詞

1. 什麼是動詞？（★）
part2-ch3-p1.mp3

　　動詞就是表現人物或動物的動作或狀態的詞。下面我們來看一些表現動作的動詞。

　　像下面這些動詞，就是表現狀態的動詞。

be 動詞	become	turn
是…	變成…	變成…

　　沒有動詞的話，無論將多少個單字聚集起來，也不能成為一個句子。但是最短的句子可以僅僅由一個單字構成，這個單字就是動詞。比如，「Go！（走！）」、「Stop！（停！）」、「Eat！（吃！）」等等。

就是這麼簡單！！

什麼是動詞？
表現動作或狀態的詞。

2. 動詞的種類

part2-ch3-p2.mp3

　　動詞大致可以分為三類，分別是 be 動詞、一般動詞和助動詞。

(1) be 動詞（★）

　　be 動詞是所有動詞中最基本的一類動詞。我們來看看下面這些使用了be 動詞的例句。

I am Susan.
我是蘇珊。

You are so cool.
你真酷。

He is my boyfriend.
他是我的男朋友。

We are students.
我們是學生。

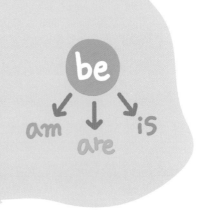

　　上面例句中有著色的詞就是 be 動詞。如同例句中的涵義一樣，be 動詞表示「是…」的意思，但是 be 動詞卻有不同的形式。根據主詞人稱和數的不同，be 動詞有「am, are, is」三種不同的形式。雖然其它的動詞也會有根據人稱和數的變化發生形式變化的情況，但是都不會像 be 動詞這樣發生這麼多的變化。

	單數		複數	
第一人稱	I am	I'm	We are	We're
第二人稱	You are	You're	You are	You're
第三人稱	He / She / It is	He / She / It's	They are	They're

(2) 一般動詞（★）

come　　go
來　　　去

run　　　walk
跑　　　走

dance　　sing
跳舞　　唱歌

look　　　listen
看　　　聽

　　上面的這些詞就是一般動詞。正如這些例詞，一般動詞表現的是運動或者狀態。英文中的動詞大部分都是一般動詞。接下來我們看幾個例句。

I play the piano every day.
我每天彈鋼琴。

We go shopping together.
我們一起去購物。

Tom visits his uncle's house.
湯姆拜訪他叔叔的家。

(3) 助動詞

　　助動詞是「幫助動詞的動詞」，得到幫助的動詞被稱為「本動詞」。本動詞自己無法表達的意義就需要助動詞來表達，並且在疑問句和否定句中，也需要助動詞。

除了「do, does」以外，即使主詞是第三人稱單數，助動詞也不能加「-(e)s」。另外，助動詞後必須跟動詞原形，這已經是一條原則了。句中的動詞是一般動詞時，造否定句可以用「do, does ＋ not」，但是當句中的動詞是助動詞時，要用「助動詞 ＋ not」。下面我們來瞭解一下助動詞的種類。

① do（★★）

「do」原本表示「做」的意思，是一個一般動詞。但是，在使用一般動詞而不是 be 動詞的句子變為否定句或疑問句時，在一般動詞前必須使用「do」。這時的「do」沒有任何的意思，只是有幫助一般動詞構成否定句或疑問句的作用，這就是助動詞「do」。

Do you live near here?
你住在這附近嗎？

Yes, I do.
是的，我是。

上面對話中出現了兩次「do」。第一個句子中的「do」是為了造疑問句而在一般動詞前使用的「do」，即幫助一般動詞、充當助動詞的「do」。

而第二個句子中的「do」卻不同，這裡的「do」是一個「代動詞」。所謂代動詞，就是代替動詞的詞。將第二個句子完整的表達的話，可以說成「Yes, I live near here.（是的，我住在這兒附近。）」但是句中用「do」來代替「live near here」這部分，這樣句子更簡潔一些。這種情況下，「do」就是作代動詞來使用的。

當主詞是第一、二人稱時，用「do」；當主詞是第三人稱時，用「does」。過去形是「did」。

Do you like Jazz?
你喜歡爵士嗎？

No, I don't.（→ don't like Jazz）
不，我不喜歡。

Does he have a car?
他有車嗎？

Yes, he does.（→ has a car）
是的，他有。

Did you go to the party yesterday?
你昨天去那個派對了嗎？

Yes, I did.（→ went to the party）
是的，我去了。

②can, could （★）

「can」是「能、會」的意思，用在一般動詞前。

I can swim.
我會游泳。

Can you help me?
你能幫幫我嗎？

從例句中我們可以看出，「can」總是和一般動詞一起使用，充當助動詞。它和會隨著主詞發生形式變化的「do, does」不同，「can」只有一種形式。

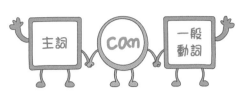

「could」是「can」的過去式，表示「曾經能、曾經會」的意思。同樣，「could」也用在一般動詞前。

I could **take the bus.**

以前我可以坐公車。

He could **finish the work.**

之前他是能完成作業的。

「could」也可以表示拜託或請求對方的意思，這時帶有「可以…嗎？」的意味。

Could you take my order?

你可以接受我的訂單嗎？

Could you show me the direction?

你可以幫我指指路嗎？

「Could you...?」和「Can you...?」的意思雖然相同，但卻是一種更謙虛的表達方式。因此，向不太熟悉的人或者年老的人提出請求時，用「Could you...?」更合適。但是，向親近的朋友提出請求時，用「Can you...?」也可以。

Can you lend me a pen?

可以借我一支筆嗎？

③ will, would （★）

「will」是一個表示未來時態的重要的助動詞。
所謂時態，就是過去、現在、未來這樣的，表示某
事發生的時間。造過去時態的句子時，要使用動詞
的過去式，現在時態的句子使用動詞的現在式，未
來時態的句子，就要在動詞前使用助動詞「will」，表示「將要做…」。

I will buy a new bicycle.
我要買一輛新的自行車。

You will be a good teacher.
你會成為一名好教師。

He will be a good swimmer.
他會成為一名優秀的游泳健將。

「would」是「will」的過去式，請看下面的例句。

I knew he would go there.
我（當時）知道他會去那裡。

She said she would be there by 7.
她說過她 7 點前會在那兒的。

「would」在表示過去時，也表示過去一直持續的一種習慣，帶有「以前
常常做…」的意思。

He would often go fishing.
他以前常常去釣魚。

After lunch, I would take a nap.

以前午飯後，我都會小睡一會兒。

「would」和「could」一樣，也可以用來向對方提出請求，表示「可以…嗎？」。

Would you bring me a towel?

可以給我一條毛巾嗎？

Would you close the door?

可以關一下門嗎？

「Can you...?」可以替換「Could you...?」，同樣「Will you...?」也可以替換「Would you...?」。意思雖然一樣，但是無論是「could」還是「would」都是更委婉、更謙遜的表達方式。「would like to＋動詞原形」表示「想做…」的意思，這一點可以僅作參考。

I would like to see an opera.

我想看一齣歌劇。

I would like to learn English.

我想學英文。

表示「想做…」時，雖然也可以用動詞「want（想）」，但是「would like to」是更委婉的表達方式，聽起來也更輕柔。就像在中文裡，用「我想做…」比用「我要做…」聽起來更輕柔、更委婉一些。

④ shall, should（★）

「shall」和「will」一樣，表示「將要做…」的意思，用在動詞前，也是一個表未來的助動詞。

I shall miss you.
我會想你的。

I shall go later.
我會晚點去。

表未來式，「will」比「shall」更常用，因此，我們記住未來式助動詞是「will」就可以了。「shall」表示其它意思的情況，其實比表示未來更多。例如，「shall」常常用來尋求對方的許可。

Shall I go home?
我可以回家嗎？

What shall I do next?
接下來我該怎麼做？

向對方提出建議或詢問對方意志時，可以用「Shall we...?」。

Shall we dance?
可以一起跳支舞嗎？

Shall I make you a cup of coffee?
我幫你倒杯咖啡好嗎？

「should」本來是「shall」的過去式，但是主要表示「應該做…」的意思。

I should go to school now.
我現在應該去學校了。

You should take the medicine.
你應該吃藥。

⑤ may （ ★ ）

「may」表示「可以做⋯」，帶有許可之意。用在疑問
句中，表示尋求許可。

You may watch TV.
你可以看電視。

May I try this on?
我可以試穿一下這個嗎？

「May I...?」比「Can I...?」更委婉，更謙遜，因此為了掌握更禮貌的英
文，請一定要牢記「May I...?」這種表達方式。

下面這些例句中的「may」在意思上和前面例句中的略有差別。表示「可
能、說不定⋯」的意思，是一種推測。

The news may be wrong.
這新聞有可能是錯的。

He may not pass the exam.
他可能無法通過考試。

「may」和「can」一樣，也可以表示「能、會做⋯」的意思。但是比起
「can」來，「may」的語氣要稍弱一些。

You may get a ticket.
你能得到一張票。

He may arrive in time.
他能及時到達。

⑥ must（★）

「must」也和「should」一樣，是表示「應該做…」的助動詞。不過，「must」的語氣又更重一些，通常我們會以「必須」表示。

You must go to church.

你必須去教堂。

Daddy must stop smoking.

爸爸必須停止吸煙。

當表示肯定的推測時，也要使用「must」。

He must be over 30.

他一定超過 30 歲了。

You must have the key.

你肯定有那把鑰匙。

從例句中我們可以發現，在表示肯定的推測時，我們應該選用表示「肯定」的「must」，而不是表示「可能」的「may」。

再來一點！【可以代替 must 使用的 have to】

　　「have」本來是「有」的意思，是一般動詞，而「have to＋動詞原形」表示「必須做…」的意思。因此，它可以和「must」互換。在日常生活中，「have to ＋ 動詞原形」比「must」更常用。

I have to go now.
我現在必須走了。

　　另外，「must」沒有過去式，因此要表示「過去應該做…」的意思時，就要用「have to ＋ 動詞原形」的過去式「had to ＋ 動詞原形」。

She was poor. So she had to work all day long.
她以前很窮，所以不得不整天工作。

就是這麼簡單！！

助動詞的種類

種類	涵義	例句
do	—	Do you know him?
can / could	能、會做…	I can do it.
will / would	要做…	I will go shopping.
shall / should	應該做…	You should go to bed.
may	可以做…	You may go.
must	必須做…	You must study.

3. 動詞的變化（★）

part2-ch3-p3.mp3

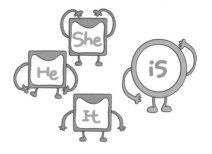

隨著主詞和時態的變化，be 動詞也會發生相應的變化，呈現「I am(was), You are(were), He / She / It is(was)」的各種表達，同樣，一般動詞也會隨著主詞和時態的變化而變化。這裡，我們首先來講解隨主詞變化的情況。根據主詞的類型，動詞變化時，要確保主詞和動詞的數保持一致。這裡的「數」是指表示一個的單數或者表示多個的複數。

數	人稱	例　　句
單數	第一人稱	I like cats.
		我喜歡貓。
	第二人稱	You like cats.
		你喜歡貓。
	第三人稱	He likes cats.
		他喜歡貓。
		She likes cats.
		她喜歡貓。
		It likes cats.
		它喜歡貓。
複數	第一人稱	We like cats.
		我們喜歡貓。
	第二人稱	You like cats.
		你們喜歡貓。
	第三人稱	They like cats.
		他們喜歡貓。

只有當主詞是「第三人稱單數」時，動詞「like（喜歡）」才添加「-s」變為「likes」。一句話，就是句子是現在時態並且主詞是第三人稱單數時，動詞詞尾才要加上「-s」。

　　下面是關於第三人稱單數時動詞變化的規律。

● 大部分的動詞加上「-s」。

He reads **the book.**
他讀書。（read → reads）

She comes **home.**
她回家。（come → comes）

It rains.
下雨。（rain → rains）

● 以「-o, -s, -x, -ch, -sh」結尾的動詞加「-es」。

He goes **to school.**
他去上學。（go → goes）

She watches **TV.**
她看電視。（watch → watches）

● 以「子音＋y」結尾的動詞，變「y」為「i」，再加「-es」。

He studies **math.**
他學數學。（study → studies）

She tries **to learn Japanese.**
她嘗試學日語。（try → tries）

再來一點！【have 的變化】

　　have 動詞用在第三人稱後時，會發生特別的變化。如果按照一般規律，動詞後加「-s」來變化，那麼應變為「haves」，但是「have」的第三人稱單數形是「has」。請看例句。

He has one big cat.

他有一隻大貓。

She has a handsome boyfriend.

她有一個帥氣的男朋友。

It has a long tail.

它有一根長尾巴。

就是這麼簡單!!

動詞的變化

規則	例字
一般動詞　　→ -s	come → comes
-o, -s, -x, -ch, -sh→ -es	go　→　goes
子音＋y　　→ -ies	study → studies

4. 動詞的時態

part2-ch3-p4.mp3

什麼是時態？時態就是「時間、時候」的意思。

過去　　現在　　未來

因此，動詞的時態就是該動作所發生的時間。

I ran.

我跑了。[過去]

I run.

我跑。[現在]

I will run.

我要跑。[未來]

(1) 現在時態（★）

一般來說，現在時態在如下三種情況時使用。

● 表示現在的事實。

I am hungry.

我餓。

I have a book in my hand.

我手上有一本書。

● 表示平時的習慣。

Tom usually gets up at seven in the morning.

湯姆通常早上七點起床。

● 表示不變的真理。

The earth moves around the sun.

地球繞著太陽轉。

再來一點！【動詞的活用】

　　字典中通常會列出動詞的三種形式：原形、過去式、過去分詞。像這樣的動詞變化被稱為「動詞的活用」。

　　最基本的雖然是動詞的原形，但是我們會發現大多數的英文句子中並非使用動詞的原形，而是使用動詞活用後的形式。動詞的過去式用在過去時態的句子中，過去分詞用在完成時態和被動態的句子中。

　　在學習過去時態之前，應該首先瞭解動詞的活用，因為動詞的變化既有規則的變化，也有不規則的變化。

① 規則動詞

　　大部分的動詞都是規則變化。規則動詞在後面加上「-ed」後，即變為過去動詞。

	現在	過去	過去分詞
玩	play	played	played
走	walk	walked	walked

● 以「-e」結尾的動詞加「-d」。

	現在	過去	過去分詞
喜歡	like	liked	liked
住	live	lived	lived

● 以「子音＋y」結尾的動詞，變「y」為「i」，再加「-ed」。

	現在	過去	過去分詞
學習	study	studied	studied
嘗試	try	tried	tried

● 以短母音（發音短促的母音）加子音結尾的動詞，重複字尾再加「-ed」。

	現在	過去	過去分詞
乞求	beg	begged	begged
停	stop	stopped	stopped

②不規則動詞

　　不規則動詞就是變化不規則的動詞。由於變化不規則，所以只能靠反覆背誦來記憶這些動詞。不規則動詞有以下四種變化形式：

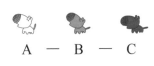

● A-B-C型（現在、過去、過去分詞的形式都完全不同的動詞。）

	現在	過去	過去分詞
開始	begin	began	begun
吹	blow	blew	blown
摔碎	break	broke	broken
選擇	choose	chose	chosen
做	do	did	done
畫	draw	drew	drawn
喝	drink	drank	drunk
駕駛	drive	drove	driven
吃	eat	ate	eaten
倒下	fall	fell	fallen
飛	fly	flew	flown
忘記	forget	forgot	forgotten
得到	get	got	gotten
給	give	gave	given
走	go	went	gone
生長	grow	grew	grown
知道	know	knew	known
響	ring	rang	rung
看	see	saw	seen

A － B － C

	現在	過去	過去分詞
展示	show	showed	shown
唱歌	sing	sang	sung
講	speak	spoke	spoken
游泳	swim	swam	swum
乘車	take	took	taken
扔	throw	threw	thrown
穿	wear	wore	worn
寫	write	wrote	written

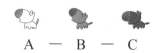

A — B — C

be 動詞的原形、過去式和過去分詞也完全不同，而且 be 動詞的過去式有兩種形式，一個是「was」，一個是「were」。主詞是除「you」以外的單數時用「was」，主詞是「you」和複數時用「were」。過去分詞和原形類似，是「been」。

	現在	過去	過去分詞
是…	am / is	was	been
	are	were	been

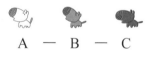

A — B — C

● A-B-A型（現在和過去分詞同形的動詞。）

	現在	過去	過去分詞
來	come	came	come
跑	run	ran	run

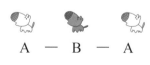

A — B — A

● A-B-B型（過去和過去分詞同形的動詞。）

A — B — B

	現在	過去	過去分詞
帶來	bring	brought	brought
買	buy	bought	bought
能	can	could	could
抓	catch	caught	caught
感覺	feel	felt	felt
打架	fight	fought	fought
找到	find	found	found
有	have	had	had
聽	hear	heard	heard
握住	hold	held	held
保持	keep	kept	kept
離開	leave	left	left
借	lend	lent	lent
丟失	lose	lost	lost
製作	make	made	made
見面	meet	met	met
支付	pay	paid	paid
說	say	said	said
傳遞	send	sent	sent
睡	sleep	slept	slept
花費	spend	spent	spent
站	stand	stood	stood
教	teach	taught	taught
想	think	thought	thought

● A-A-A型（現在、過去、過去分詞都同形的動詞。）

	現在	過去	過去分詞
剪	cut	cut	cut
敲擊	hit	hit	hit
受傷	hurt	hurt	hurt
讓	let	let	let
放置	put	put	put
朗讀	read[rid]	read[rɛd]	read[rɛd]
安置	set	set	set
關閉	shut	shut	shut

A — A — A

注意！動詞「read」的現在、過去、過去分詞雖然同形，但是發音卻不相同。

再來一點！【-ed的發音】

根據動詞尾音的不同，「-ed」的發音也不同。

● 以濁音結尾的大部分動詞，「-ed」的發音為[d]。

    called   lived   opened

● 尾音為[p]、[k]、[f]、[s]、[ʃ]、[tʃ]的動詞，「-ed」的發音為[t]。

    fixed   stopped   walked   washed   watched

● 尾音為[d]、[t]的動詞，「-ed」的發音為[ɪd]。

    ended   offended   waited   wanted

(2) 過去時態（★★）

　　過去時態表示已經發生事情的狀態或者動作。造過去時態的句子時，要使用動詞的過去式。

　　I met Jinny yesterday.
　　我昨天遇見吉妮了。

　　He caught a bad cold.
　　他得了重感冒。

　　包含助動詞的句子，在變為過去時態時，一般動詞保持原形，只須將助動詞變為其相應的過去式即可。請看例句。

　　I can write the alphabet.　我會寫字母。

　　I could write the alphabet.　我以前會寫字母。

　　助動詞「can」的過去式「could」表示「以前會、能做⋯」，表現過去時態。

　　What do you do?　你是做什麼的？

　　What did you do?　你以前是做什麼的？

　　例句中前面的「do」是助動詞，後面的「do」是表示「做」的一般動詞。因此，從現在時態變為過去時態時，將前面的「do」變為「did」。

　　What are you doing?　你正在做什麼？

　　What were you doing?　你那時在做什麼？

前面的例句是使用了 be 動詞和現在分詞（動詞原形 + -ing）的進行式句子。第一個句子在變為過去進行式時，現在式的「are」變成了過去式的「were」。

He swims every morning.　　　[現在]
他每天早上游泳。

He swam every morning.　　　[過去]
他過去每天早上游泳。

現在時態的句子，當主詞是第三人稱單數時，在動詞後加上「-s」，但是對於過去時態的句子，卻沒有這樣的區別。過去時態的句子，只需使用該動詞的過去式即可。

(3) 未來時態（★★）

未來時態表示以後將要發生的事情。前面我們學習過的助動詞「will」和「shall」都有表示未來的涵義，但是現在大部分的未來式都用「will」，而不是「shall」來表示。因此，在記憶的時候，我們記住表示未來的助動詞是「will」就可以了。

I will go shopping later.
我待會兒要去購物。

You will get better soon.
你很快就會好起來的。

Will you be free tomorrow?
你明天有空嗎？

對於「shall」，我們只要熟悉表示請求許可或提出建議勸誘的「Shall I...？」和「Shall we...？」等等這些常用表達就可以了。

Shall **I come in?**

我可以進來嗎？

Shall **we go to the movies?**

我們去看電影怎麼樣？

再來一點！【未來式的其它表現方式】

在表示未來式時，除了用助動詞「will」，還有別的方法。下面這些表達方式都可以代替「will」來表未來。

● be going to＋動詞原形：將要做…

I am going to **do my homework.**

我要去做我的家庭作業。

● be about to＋動詞原形：打算馬上做…

I am about to **leave.**

我打算馬上離開。

(4) 進行時態（★）

　　進行時態表示現在正在進行或發生的狀態或動作。進行時態要在動詞後加上「-ing」，並且動詞前必須用 be 動詞。即，首先使用和主詞相匹配的 be 動詞，然後用動詞的 -ing 形式（動詞 ＋ -ing）。在動詞的

原形後加上「-ing」，這樣的形式被稱為「分詞」。進行時態不僅表示現在正在做的事，還可以表示過去一段時間持續進行的事，以及未來一段時間將要持續進行的事。因此，進行時態分為現在進行式、過去進行式和未來進行式三種。

① 現在進行式

現在進行式表示「現在正在做…」。

I go to school. 我去學校。

↓

I am going to school. 我正要去學校。

He works in the garden. 他在花園工作。

↓

He is working in the garden. 他正在花園工作。

② 過去進行式

過去進行式表示「過去正在做…」。造過去進行式的句子時，要將現在進行式中的 be 動詞變為過去式。另外，動詞仍用「-ing」形。

I am going to school. 我正要去學校。

↓

I was going to school. 我那個時候正要去學校。

He is working in the garden. 他正在花園工作。

↓

He was working in the garden. 他那個時候正在花園工作。

③ 未來進行式

　　最後我們一起來瞭解一下未來進行式。未來進行式表示「將要一直做⋯」。怎麼樣來表現未來進行式呢？這時我們要使用在 be 動詞前面表示未來的助動詞「will」。要注意的是，「will」是個助動詞，因此緊隨其後的 be 動詞必須使用原形，無論主詞是什麼。來看看下面的例句吧。

I will be going to that school in 5 years.
五年後，我將要在那所學校就讀。

He will be waiting for you at home.
他會一直在家等你。

　　總結起來，「will be + -ing」就可以表示未來進行。

再來一點！【不能使用進行時態的動詞】

英文中，有些動詞不能使用進行時態。請看下面的單字。

see
看

hear
聽

taste
嚐

smell
聞

feel	love	want	have
感覺	愛	想要	有

　　這些動詞都是屬於「持續性地」表現狀態或感覺的動詞，我們不能用這樣的動詞來造進行式的句子。

(5) 完成時態（★★★）

　　完成時態表示從某一時間點開始到另一時間點結束，這期間所持續進行的動作或狀態。完成時態既可以表示從特定的時間點開始到另一時間點結束這期間所持續的某行為，也可以表示到現在為止的經歷，或表示到現在為止結束的事情。

　　「have＋過去分詞」是完成時態的具體表現形式。這時的「have」不是「有」的意思，而是作為完成時態的助動詞使用。

　　完成時態包括現在完成、過去完成和未來完成。下面我們就逐一地來講解。

① 現在完成

　　表示從過去的某個時刻開始到現在為止，持續進行的動作或狀態。

　　「have／has＋過去分詞」是現在完成的表現形式。

　　根據涵義的不同，現在完成有四種不同的用法，分別表示完成、經歷、持續或結果。下面我們通過例句來進一步地瞭解。

● 完成：表示最後動作終止的狀態，意為「做完了」。

> I have finished **my homework.**
> 我作業做完了。

● 經歷：表示到現在為止的經歷，意為「做過…」。

> I have seen **a lion.**
> 我見過獅子。

● 持續：表示從過去到現在一直持續進行的動作，意為「到現在為止一直持續做…」。

> I have been **ill for a week.**
> 我病了一個星期了。
> └→表示現在還處於生病的狀態。

● 結果：表示結果，意為「做了…」。

I have lost **my watch.**

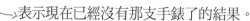

我弄丟了我的手錶。
　　└→表示現在已經沒有那支手錶了的結果。

He has gone **to America.**

他去美國了。
　　└→表示他現在已經沒在這裡的結果。

② 過去完成

　　過去完成表示從已經過了很久的過去開始，到過去的某一時間點為止，這一期間所發生的動作或狀態。「have」的過去式「had + 過去分詞」是過去完成的形式。根據涵義的不同，過去完成也分為完成、經歷、持續和結果四種不同的用法。請看例句。

● 完成

When you called me, I had finished the work.
你打電話給我的時候，我已經完成工作了。

● 經歷

I had been to Paris before I was ten.
十歲前我就已經去過巴黎了。

● 持續

Annie had studied hard for 10 years.
安妮曾努力學習了十年。

● 結果

Tom had left me when I wanted his help.
當我需要湯姆的幫助時，他離開了我。

③ 未來完成

　　未來完成表示到未來的某時為止的動作或狀態。造未來完成式，使用表示未來的助動詞「will」即可。即「will ＋ have ＋ 過去分詞」的形式。未來完成也分為完成、經歷、持續和結果四種不同的用法。還是一起來看看例句。

● 完成

I will have finished **this homework by tomorrow morning.**
明天早上前我會完成這個作業。

● 經歷

I will have traveled **to China three times if I go there this summer.**
如果我這個夏天再去中國的話，我就去過三次了。

● 持續

I will have studied **English until that time.**
我會一直學英文到那個時候。

● 結果

We **will have left** you when you come later.
你待會來的時候我們將已經離開了。

動詞的時態

基本時態	現在	I cook.	我做飯。
	過去	I cooked.	我做了飯。
	未來	I will cook.	我等一下會做飯。
進行時態	現在進行	I am cooking.	我正在做飯。
	過去進行	I was cooking.	我那時正在做飯。
	未來進行	I will be cooking.	到那個時候我會在做飯。
完成時態	現在完成	I have cooked.	（從過去到現在）我一直在做飯。
	過去完成	I had cooked.	（從之前到那個時候為止）那個時候我一直在做飯。
	未來完成	I will have cooked.	（一直到未來的某個時間為止）到那個時候我會一直在做飯。

Practice 練習題

1. 根據下面的說明，寫出符合的動詞。

[例]

What you do with a pen and paper

用筆和紙做的事情

→ write 寫

1) What you do with a drum and a guitar → _____

   用鼓和吉他做的事情

2) What you do at the pool → _____

   在游泳池做的事情

2. 請在空格中填入恰當的 be 動詞。

1) I _____ a student.

   我是學生。

2) You _____ a bad boy.

   你是個壞男孩。

3) He _____ Chinese.

   他是中國人。

4) We _____ all students.

   我們都是學生。

3. 請填入和主詞相匹配的動詞。

1) I _____ him very well. （know）

   我和他非常熟。

2) My mother _____ at a company. （work）

   我媽媽在一家公司工作。

3) They _____ well. （skate）

   他們溜冰溜得很好。

第4章★形容詞

1. 什麼是形容詞？（★）

part2-ch4-p1.mp3

　　形容詞是描述事物性質、狀態、種類或個數的詞。形容詞能對名詞和代名詞進行更詳細的說明，即有修飾的作用。中文裡通常譯為「…的」。

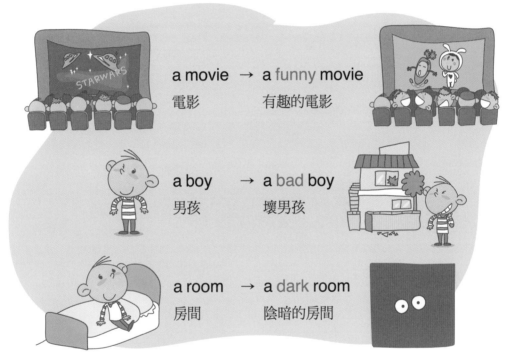

a movie → a funny movie
電影　　　有趣的電影

a boy → a bad boy
男孩　　　壞男孩

a room → a dark room
房間　　　陰暗的房間

　　上面例句中的「funny（有趣的）、bad（壞的）、dark（陰暗的）」都是形容詞。形容詞對名詞「movie（電影）、boy（男孩）、room（房間）」的狀態加以說明。形容詞除了有像這樣對狀態加以說明的作用外，還有其它很多作用。

　　請看下面的例句。

● 種類、性質、狀態（什麼樣的東西？）

Jane saw a big spider in the cave.
珍在洞穴裡看見一隻大蜘蛛。

什麼樣的蜘蛛？　　A big spider.　大蜘蛛。

● 指示（哪一個東西？）

I'll take this skirt.
我要這條裙子。

This Skirt

哪條裙子？　　This skirt.　這條裙子。

● 數量（多少？）

Give me six ice cream cones, please.
請給我六個甜筒冰淇淋。

幾個甜筒？
Six ice cream cones.　六個甜筒冰淇淋。

　　從例句中我們可以看出，形容詞不僅可以表示事物的狀態（big → 大），也可以表示事物的數（six → 6）。前面我們學過的代名詞（this → 這個）也可以作為形容詞用。現在，我們來詳細地學習形容詞的種類和對應的用法。

就是這麼簡單！！

什麼是形容詞？
　　描述事物性質、狀態、種類或個數的詞，有修飾名詞和代名詞的作用。

2. 形容詞的種類

part2-ch4-p2.mp3

(1) 普通形容詞（★）

這裡我們介紹的都是我們最熟悉的一些普通的日常常用形容詞。主要就是像「漂亮、幸福、大」這樣的表示種類、性質或狀態的形容詞。

big	brave	cold	cute
大的	勇敢的	冷的	可愛的

good	happy	interesting	kind
好的	快樂的	有趣的	善良的

lazy	poor	pretty	red
懶的	窮的	漂亮的	紅的

smart	soft	sunny	white
聰明的	柔軟的	晴朗的	白的

(2) 專有形容詞（★）

　表示世界上存在的唯一的人、場所或名字的詞叫做專有名詞。形容詞中也有專有形容詞。專有形容詞源於專有名詞，如同下面的例子。

專有名詞	專有形容詞
Korea 韓國	Korean 韓國的
America 美國	American 美國的
France 法國	French 法國的
China 中國	Chinese 中國的

　像前面的這些例子一樣，來源於國家名字的專有形容詞尤其多。另外，專有形容詞有時和專有名詞同形。

He is a famous Hollywood actor.
他是個有名的好萊塢演員。

He has a Texas accent.
他有德州口音。

前面例句中的「Hollywood」和「Texas」雖然是專有名詞，但是在名詞前面作修飾名詞的形容詞。而且要注意，和專有名詞一樣，在使用專有形容詞時，字首也要大寫。

(3) 指示、所屬、疑問、不定形容詞（★）

指示形容詞就是代名詞充當形容詞的情況。代名詞不單獨使用，而是和名詞一起使用，有修飾該名詞的形容詞作用。下面我們來看看代名詞作形容詞使用和代名詞作本來的代名詞使用時的區別。

Look at that frog! 看那隻青蛙。 　　　　[指示形容詞]

That's a frog. 那是青蛙。 　　　　[指示代名詞]

This is his room. 這是他的房間。 　　　　[所屬形容詞]

The room is his. 那房間是他的。 　　　　[所屬代名詞]

What sport do you like best? 你最喜歡什麼運動？ 　[疑問形容詞]

What are you into? 你關心什麼？ 　　　　[疑問代名詞]

There are some people in the playground.

操場上有幾個人。 　　　　[不定形容詞]

Some are in the playground. 幾個人在操場上。 　[不定代名詞]

像前面這些例句一樣，充當形容詞的代名詞總是用在名詞前。看看下面的例子吧。

指示形容詞	所屬形容詞	疑問形容詞	不定形容詞
this book	my money	which station	all babies
這本書	我的錢	哪一站	所有小孩
these cars	her desk	what number	each student
這些車	她的桌子	什麼號碼	每個學生

(4) 數量形容詞（★）

和「一、二、三…」一樣，「one, two, three...」雖然也可以用來數數，但是用在名詞前時就成了表示「幾個的」形容詞。比如，「兩個漢堡」用英文應該說「Two hamburgers, please.」。這裡的「two」修飾名詞「漢堡」，是表示「兩個的」形容詞。像這樣表示數、量的形容詞，被稱為「數量形容詞」。也有文法書將數詞視為單獨一類，不列在形容詞下。接下來我們看看數量形容詞包括哪些種類。

① 基數

基數就是像「一、二、三…」這樣數數的表達。英文裡，「two apples（兩個蘋果）、three cats（三隻貓）」是像這樣表示的。

② 序數

序數就是像「第一、第二、第三…」這樣表示順序的。序數和基數的表達方式不同。下面我們透過表格來練習一下。

the +~th

數	基數	序數		數	基數	序數	
1	one	first	(1st)	14	fourteen	fourteenth	(14th)
2	two	second	(2nd)	15	fifteen	fifteenth	(15th)
3	three	third	(3rd)	16	sixteen	sixteenth	(16th)
4	four	fourth	(4th)	17	seventeen	seventeenth	(17th)
5	five	fifth*	(5th)	18	eighteen	eighteenth	(18th)
6	six	sixth	(6th)	19	nineteen	nineteenth	(19th)
7	seven	seventh	(7th)	20	twenty	twentieth*	(20th)
8	eight	eighth*	(8th)	21	twenty-one	twenty-first	(21th)
9	nine	ninth*	(9th)	30	thirty	thirtieth*	(30th)
10	ten	tenth	(10th)	40	forty	fortieth*	(40th)
11	eleven	eleventh	(11th)	50	fifty	fiftieth*	(50th)
12	twelve	twelfth*	(12th)	100	hundred	hundredth	(100th)
13	thirteen	thirteenth	(13th)	1000	thousand	thousandth	(1000th)

我們要注意在使用序數的時候，一般要在前面加上「the」。

另外，序數也可以用在名詞前，有修飾名詞的形容詞作用。

April Fool's Day is the first day of April.

「愚人節」是四月的第一天。

③ 倍數

「…倍」或「…次、回」都可以表示量或次數。

	1	2	3	4
…倍	one time	two times / twice	three times	four times
…次、回	one time / once	two times / twice	three times	four times

三倍（次、回）以上，用「基數 + times」來表示。

再來一點！【需要注意的數量形容詞】

　　在中文裡，有「多的、少的」這樣的表達，這是我們日常生活中經常用到的話。在英文中，也有這樣的表達，但是比起中文，就稍微複雜一些。比如，要表示像書這樣可數的東西和像水這樣不可數的東西時，中文都用「多的 / 少的書，多的 / 少的水」這樣相同的形容詞來表示，但英文卻不一樣。即使意思一樣，可數的東西（數）和不可數的東西（量）要用不同的形容詞來表示。

形容詞＋可數名詞（數）		形容詞＋不可數名詞（量）	
many	much		許多的
a few	a little		一些的
few	little		幾乎沒有的

Many students don't eat breakfast.
很多學生都不吃早餐。

Much oil is used in a car.
很多油是被汽車消耗的。

There are a few mice in his kitchen.
他的廚房裡有幾隻老鼠。

He drank a little Coke.
他喝了一點可樂。

I have few friends in America.
我在美國沒什麼朋友。

We had little rain last summer.
去年夏天我們這裡幾乎沒下雨。

從例句中我們看到，「many, a few, few」後跟的名詞是可數名詞，當兩個以上時，名詞用複數形。而「much, a little, little」後跟的名詞是不可數名詞，因此不能使用名詞的複數形。

但是，有的數量形容詞既可修飾可數名詞，也可修飾不可數名詞。最常用的這種數量形容詞就是「some」和「any」。這兩個詞都可以用來表示不確定的數量，根據上下文意義的不同，分別表示「一些」或「某」的意思。請看下面的例句。

There are some cookies on the shelf.   [可數名詞]
架子上有一些餅乾。

I want some water.   [不可數名詞]
我想要一些水。

Do you have any questions?   [可數名詞]
你有任何問題嗎？

I don't have any money.   [不可數名詞]
我一點錢都沒有。

從例句中我們可以發現，「some」用在肯定句，「any」用在疑問句或否定句中。但是，這並非一成不變的規則。請看例句。

Can I have some more coffee?
我能再來點咖啡嗎？

當借助疑問句的形式委婉地提出請求時，即使是疑問句，也要使用「some」。

Any book will do.
任何一本書都可以。

「any」用在肯定句中時，表示「某物」或「任何東西」。

除此以外，還有「a lot of」和「lots of」。這兩個都表示「很多的」之意，並且既可修飾可數名詞，又可修飾不可數名詞。

He has a lot of **books.**
他有很多書。

這兩個片語主要用於肯定句中。

就是這麼簡單！！

需要注意的數量形容詞

意思/位置	可數名詞前	不可數名詞前	可數名詞或不可數名詞前
多的	many	much	lots of / a lot of
一點、稍微	a few	a little	some / any
幾乎沒有	few	little	

3. 形容詞的用法

part2-ch4-p3.mp3

　　現在我們一起來學習形容詞在句子中所起的作用。形容詞通常用在名詞前，有修飾該名詞的作用，但形容詞有時也可以用在名詞後。下面我們就來仔細地看一看。

(1) 限定性用法（★）

　　限定性用法這個用語聽起來似乎比較難。形容詞的限定性用法就是指形容詞用於名詞或代名詞之前或之後，用以修飾該名詞或代名詞。

Mom bought me a red coat.

媽媽給我買了一件紅色的大衣。

There are five elephants in all.

總共有五隻大象。

　　一些特殊的形容詞會出現在名詞之後，用來修飾該名詞。請看下面的例句。

Don't you have anything particular?

你沒有什麼特別一點的事嗎？

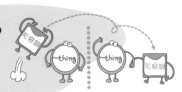

　　到目前為止，我們學到的句子都是一個形容詞修飾一個名詞的情況。但是，為了更加詳細地來說明一個名詞，也可以同時用多個形容詞來修飾一個名詞。

Uncle Tom told us many interesting stories.

湯姆叔叔給我們講了很多有趣的故事。

　　另外，需要強調形容詞時，可以使用像「very」這樣的副詞。

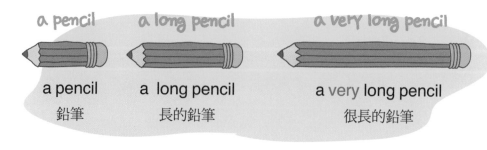

a pencil   a long pencil   a very long pencil

a pencil   a long pencil   a very long pencil

鉛筆   長的鉛筆   很長的鉛筆

(2) 敘述性用法〔★〕

　　形容詞也可以緊跟動詞，表示「…的」的意思，這就是形容詞的敘述性用法。看看例句吧。

The weather is terrible.
天氣很糟糕。

The pizza tastes bad.
這披薩的味道不好。

I feel nervous.
我感到緊張。

　　上面例句中出現的「be 動詞、taste、feel」等都是單獨使用，這時它們的意義不太明確，是需要補語的不完全動詞。形容詞對這樣的動詞加以補充說明，這就是形容詞的敘述性用法。

(3) 名詞性用法〔★〕

　　形容詞前加上定冠詞「the」，可以表示「…的人們」，成為複數普通名詞。

The rich **are not always happy.**
有錢人並非總是開心的。

the＋rich　＝　rich people
富裕的　　　　富裕的人們，富人們

We should respect the old.
我們應該尊敬老年人。

the＋old　＝　old people
年老的　　　年老的人們，老人們

the＋young　＝　young people
年輕的　　　年輕的人們

the＋sick　＝　sick people
生病的　　　病人們

the＋形容詞
⇓
…的人們

就是這麼簡單！！

形容詞的用法

種類	規則	例句
限定性用法	形容詞＋名詞	Brad is a rich man.
	代名詞＋形容詞	I find something new.
敘述性用法	不完全動詞＋形容詞	Brad is rich.
名詞性用法	the＋形容詞	The rich are happy.

《限定用法》

《敘述用法》

4. 形容詞的比較

part2-ch4-p4.mp3

人物或事物在和其他人物或事物做比較時，可能會更大或更快，也可能是最大或最快。這時可以說「A 比 B 更⋯」或「A 最⋯」。

那麼用英文要怎樣表達呢？英文中像這樣和其它東西進行比較時，形容詞會發生變化，即「原級、比較級和最高級」這三種形式的變化。

(1) 形容詞的比較變化（★）

原級就是一般用在句子中的形式，即形容詞原來的樣子。比較級用於兩個物件相比較時，而最高級用於三個以上的物件相比較時。比較級和最高級有規則變化，也有不規則變化。下面我們就來學習形容詞的比較變化。

① 規則變化

● 原級加「-(e)r, -(e)st」。

	原級	比較級	最高級
快的	fast	faster	fastest
大的	large	larger	largest
長的	long	longer	longest
短的	short	shorter	shortest
老的	old	older	oldest

● 以「短母音＋子音」結尾的形容詞，重複
　字尾再加「-er, -est」。

	原級	比較級	最高級
大的	big	bigger	biggest
胖的	fat	fatter	fattest
熱的	hot	hotter	hottest

● 以「子音＋y」結尾的形容詞，變「y」為
　「i」，再加「-er, -est」。

	原級	比較級	最高級
簡單的	easy	easier	easiest
幸福的	happy	happier	happiest
漂亮的	pretty	prettier	prettiest

● 雙音節（兩個音）以上的多音節形容詞，比較級在原級前加「more（更）」，
　最高級在原級前加「most（最）」。

	原級	比較級	最高級
漂亮的	beautiful	more beautiful	most beautiful
難的	difficult	more difficult	most difficult
有趣的	interesting	more interesting	most interesting

　　像這種多音節的形容詞單字通常是以「-ful, -less, -ous, -ive, -ing」結尾。

② 不規則變化

　　下面我們來講解比較級和最高級不遵循前面的規則，而是進行不規則變化的形容詞。

原級　　比較級　　最高級

	原級	比較級	最高級
好的	good	better	best
壞的	bad	worse	worst
少的	little	less	least
多的	many / much	more	most

(2) 比較級（★★）

Rick is tall.
瑞克個子高。 ⟶ Rick is taller than Danny.
瑞克比丹尼個子高。

　　比較級的句子就是像上面這樣，「主詞 ＋ 動詞 ＋ 形容詞比較級 ＋ than ＋ 比較物件」的順序。「than」表示「比…」的意思。

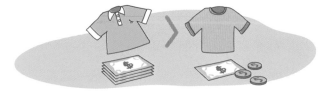

This shirt is more expensive than that one.
這件T恤比那件貴。

前面例句中的「expensive」是三個音節（三個音），因此它的比較級要在原級前加「more」。

(3) 最高級（★★）

Jane is a good swimmer.
珍是個優秀的游泳選手。

Jane is the best swimmer of the three.
珍是這三個中最好的游泳選手。

例句中「good」被其最高級「best」所替換。表現最高的最高級句子不需要比較的物件，因此不需要使用「than」。在最高級的句子中，最需要我們注意的一點是在形容詞發生變化後，必須要在單字前加上定冠詞「the」。下面我們再來看一些使用了最高級的例句。

Jack is the fastest boy of them.
傑克是他們之中速度最快的男孩。

Marie is the most popular girl in her class.
瑪麗是她班上最受歡迎的女孩。

上面第二個句子中的「popular」是三個音節，因此為了表示最高級，要在「the」後加上「most」。

再來一點！【不能使用比較級的形容詞】

請先來看看下面這些形容詞吧。

empty	full
空的	滿的

perfect	unique
完美的	唯一的

the $\left\{ \begin{array}{l} \text{形容詞 est} \\ \text{most + 形容詞} \end{array} \right.$ = 1

上面的這些單字都是表示最高狀態的單字。像這樣的形容詞不能比較，因此自然而然沒有比較級或最高級了。下面我們就以「empty」為例。雖然我們可以對「empty」做出如下的比較變化，即「empty-emptier-emptiest（空的－更空的－最空的）」，但是最終這些都是「空的」的意思。同樣的道理，表示顏色的形容詞也沒有比較級和最高級，因為無論是比較級還是最高級都表示同樣的顏色。

就是這麼簡單!!

形容詞比較級、最高級的構造

種類	比較級	最高級
原級	+-(e)r	+-(e)st
短母音＋子音	重複字尾＋-er	重複字尾＋-est
子音＋y	去 y＋-ier	去 y＋-iest
兩音節以上的形容詞	more＋形容詞	most＋形容詞

Practice 練習題

1. 根據你看到的圖畫，選擇最適合的形容詞。

1) These taste _____.

① hot　② sour　③ salty

2) It's _____ outside.

① cold　② hot　③ warm

3) We like _____ food.

① Korean　② Chinese　③ Italian

4) The girl is very _____.

① quiet　② polite　③ angry

2. 請使用下列形容的比較級和最高級。

1) long —— _____ —— longest
　　長　　　　更長　　　　　最長

2) happy —— _____ —— happiest
　　幸福　　　更幸福　　　　最幸福

3) famous —— more famous —— _____
　　有名　　　　更有名　　　　　最有名

4) little —— less —— _____
　　少　　　更少　　　　最少

3. 下列句中畫線的部分若有錯，請找出並改正。

1) I don't eat <u>many</u> food for breakfast. _____
   我早餐不吃太多的食物。

2) There were <u>much</u> children in the game room. _____
   遊戲室裡有很多小孩。

3) They have <u>few</u> money for the trip. _____
   他們幾乎沒有去旅行的錢。

4) I'll give a Christmas party with <u>a little</u> close friends. _____
   我要和幾個朋友一起舉辦一場聖誕派對。

5) Could I have <u>some</u> more bread? _____
   能再給我一點麵包嗎？

4. 在括弧內填入 some 或 any。

1) ( ) book will do.
   任何一本書都可以。

2) I don't have ( ) money.
   我一點錢也沒有。

3) Do you have ( ) questions?
   你有什麼問題嗎？

4) Give me ( ) cookies, please.
   請給我一些餅乾。

第5章★副詞

1. 什麼是副詞？（★）

part2-ch5-p1.mp3

副詞就是句子中對場所、時間、方法或程度加以說明的詞類，相當於中文裡的「怎麼樣」。

下面這些單字就是副詞，請和左邊的形容詞作比較。

difficult – difficultly　　easy – easily
困難的　　困難地　　　　容易的　　容易地

quick　–　quickly　　slow – slowly
快的　　　快地　　　　慢的　　慢地

stupid　–　stupidly　　wise – wisely
愚蠢的　　愚蠢地　　　聰明的　聰明地

bad　　–　badly　　　kind – kindly
壞的　　　壞地　　　　善良的　善良地

我們可以看出上面這些副詞都是在形容詞的基礎上加「-ly」構成的。

beautiful　→　beautifully
美麗的　　　　美麗地

final　→　finally
最終的　　　最終地

下面這些副詞，在形容詞基礎上加「-ly」時，要稍加注意。

● 以「-y」結尾的形容詞，變「y」為「i」，再加「-ly」。

easy　→　easily　　　happy　→　happily

簡單的　　　簡單地　　　幸福的　　　幸福地

● 以「-le」結尾的形容詞，去「e」，再加「-y」。

gentle　→　gently

禮貌的　　　禮貌地

● 以「-ue」結尾的形容詞，去「e」，再加「-ly」。

true　　→　　truly

真實的　　　真實地

再來一點！【需要注意的副詞】

● 和形容詞同形的副詞

有的副詞不在形容詞詞尾加「-ly」，而是與形容詞同形。下面我們來看看這樣的副詞有哪些。

early　→　[形] 早的　　　late　→　[形] 晚的

　　　　　 [副] 早早地　　　　　　　 [副] 晚地

fast　→　[形] 快的　　　hard →　[形] 努力的

　　　　　 [副] 迅速地　　　　　　　 [副] 努力地

long → [形] 長的	high → [形] 高的
[副] 久地	[副] 高高地
near → [形] 近	only → [形] 唯一的
[副] 近地	[副] 只，僅僅

● 加上「-ly」後，意思和形容詞完全不同的副詞

形容詞和副詞同形的單字中，有的詞仍然可以再添加「-ly」。如「hardly, lately, nearly」等等。但是，添加「-ly」後這些詞的意思和原來的意思完全不同，因此我們要多加注意。

hard　—　hardly
努力的　　幾乎不…

late　—　lately
晚　　最近

near　—　nearly
近　　幾乎

就是這麼簡單!!

副詞構造

規則		例字	
形容詞 → -ly		slow → slowly	
-y → -ily		easy → easily	
-le → -ℓy		gentle → gently	
-ue → -ℓly		true → truly	

2. 副詞的種類

part2-ch5-p2.mp3

根據副詞在句子中涵義的不同，副詞種類也不同。

(1) 一般副詞（★）

前面我們學習的副詞大部分都是一般副詞。一般副詞大多都是在形容詞後加「-ly」的形式，並且主要表示「怎麼樣」的意思。

Please handle it carefully.
請小心處理它。

(2) 時間副詞（★）

下面這些單字就是時間副詞。

early	now	late
早早地	現在	晚地
before	soon	after
之前	馬上	之後
yesterday	today	tomorrow
昨天	今天	明天

← early　now　late →
← before　soon　after →
← yesterday　today　tomorrow →

Let's go now!

Let's go now！
我們現在就走吧！

(3) 地方副詞（★）

下面這些單字就是表示地方的副詞。

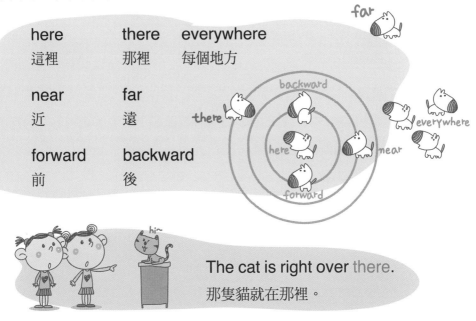

here	there	everywhere
這裡	那裡	每個地方
near	far	
近	遠	
forward	backward	
前	後	

The cat is right over there.
那隻貓就在那裡。

(4) 頻率副詞（★★）

頻率副詞是表示動詞發生次數的程度副詞，相當於「多久、多長時間」的意思。我們要注意，頻率副詞的位置在一般動詞前，be 動詞之後。下面這些單字就是頻率副詞。

always	seldom	never
總是	幾乎不	從不
usually	often	sometimes
經常	常常	有時候
once	twice	again
一次	兩次	再

He always gets up at seven.
他總是七點起床。

She will never come.
她絕對不會來了。

(5) 程度副詞（★★）

　　表示狀態或動作的程度的副詞就是程度副詞。當要強調形容詞的意義時，常常會在形容詞前使用程度副詞。

very	too	really
非常	太	實在地

much	pretty	quite
非常	相當地	特別地

almost	little	hardly
幾乎	幾乎沒有	幾乎不

I'm very hungry now.
我現在很餓。

The bread is too hard.
麵包太硬了。

(6) 疑問副詞（★）

　　用在疑問句中的疑問詞有時也具有副詞的作用。疑問副詞就是詢問時間、場所、方法、理由的詞。

when	where	how	why
什麼時候	哪裡	怎麼樣	為什麼

When are you coming?　　[時間]
你什麼時候來？

Where is the post office?　　[場所]
郵局在哪裡？

How can I help you?　　[方法]
我應該怎樣幫助你？

Why did you do that?　　[理由]
你為什麼那樣做？

就是這麼簡單!!

副詞的種類

時間	地方	頻率	程度	疑問
now	here	always	very	when
early	there	usually	too	where
late	near	often	much	how
soon	far	sometimes	quite	why

3. 副詞的作用

part2-ch5-p3.mp3

前面我們先後講解了副詞的形式和種類。現在我們就來看看副詞在句子中究竟起什麼樣的作用。和形容詞一樣，副詞也有修飾其他詞類的作用。形容詞通常修飾名詞，而副詞則通常修飾動詞、形容詞、其他副詞或者整個句子。

(1) 修飾動詞（★）

副詞修飾動詞時，是對事物的狀態或動作進一步地詳細說明。例如，對動作進行的方式（how）、時間（when）、場所（where）進行詳細說明。

● How：怎麼樣？

A cat chases mice quickly.

貓很快地追著老鼠。

怎麼樣追逐老鼠？ → **Quickly.** 速度快地。

● When：什麼時候？

It rained a lot yesterday.

昨天下了很多雨。

什麼時候下了很多雨？ → **Yesterday.** 昨天。

● Where: 在哪裡？

We played together outside.

我們一起在外面玩。

在哪裡玩？ → **Outside.** 在外面。

(2) 修飾形容詞〔★〕

　　副詞也可以修飾形容詞。副詞修飾形容詞時，主要是對程度的說明，即表現為「多麼」。這時，副詞總是在形容詞前。

> That moive is too violent. 那個電影太暴力了。

電影有多麼暴力呢？→ Too太，非常

The book is somewhat boring. 那本書稍微有點無聊。

書有多麼無聊？→ Somewhat稍微有點

(3) 修飾其它副詞〔★〕

　　副詞也可以修飾其它副詞，具有強調被修飾副詞的意義的作用。因此，當需要加大強調力度時，一個句子中可以使用兩個以上的副詞。

I work.
我工作。

I work hard.
我努力工作。

I work very hard.
我很努力工作。

I work very very hard.
我非常非常努力工作。

　　副詞能修飾其它副詞，具有強調被修飾的副詞的意義，各位對這樣的用法現在能理解了吧？

下面句子中的「hard」是副詞，它前面紅色的單字是修飾副詞「hard」的其它副詞。

They work hard.

他們努力工作。

They work so hard.

他們非常努力工作。

They work too hard.

他們太努力工作了。

They work very hard.

他們很努力工作。

They work quite hard.

他們相當努力工作。

They work really hard.

他們真地很努力工作。

They work extremely hard.

他們極端努力地工作。

像這樣修飾副詞的副詞都表示「多麼」的程度。

(4) 修飾整個句子（★）

有的副詞也修飾整個句子。這些副詞有時位於句子的句首，有時位於動詞前。

Luckily I arrived on time.
幸好我準時到達了。

再來一點！【副詞的位置】

　　根據副詞修飾對象的不同，副詞的位置也會不同。大體上，副詞的位置是和它所修飾的單字緊鄰的。但是，有時隨著副詞位置的變化，句子的語感也會發生很大的變化。請看下面的例句。

I only told him the story.
我只告訴他那個故事，沒告訴別人。

I told him only the story.
我只告訴他那個故事，別的沒告訴他。

就是這麼簡單！！

副詞的作用

種類	例句
修飾動詞	He walks slowly.
修飾形容詞	He is very handsome.
修飾其他副詞	He eats too much.
修飾句子	Luckily he was not there.

4 副詞的比較

part2-ch5-p4.mp3

和形容詞一樣，副詞也有比較級。先來看看下面的例句吧。

He runs fast. [原級]
他跑得快。

He runs faster than Mike. [比較級]
他跑得比邁克快。

He runs fastest in our class. [最高級]
他在我們班跑得最快。

副詞的比較級和最高級在構造上的規則類似於形容詞。

(1) 規則變化

● 單音節副詞後加「-(e)r, -(e)st」。

	原級	比較級	最高級
努力地	hard	harder	hardest
短地時間	soon	sooner	soonest

hard　　harder　　hardest

● 以「子音 + y」結尾的單字，變「y」為「i」再加「-er, -est」。

	原級	比較級	最高級
早地	early	earlier	earliest

early　　earlier　　earliest

● 兩音節以上的副詞，在單字前加「more, most」。

	原級	比較級	最高級
容易地	easily	more easily	most easily
善良地	kindly	more kindly	most kindly
迅速地	quickly	more quickly	most quickly

(2) 不規則變化（★★）

有些副詞的比較級不遵循在單字後加「-er, -est」或在單字前加「more, most」這樣的規則。

	原級	比較級	最高級
多地	much	more	most
好地	good	better	best
壞地	bad	worse	worst

再來一點！【副詞的最高級】

副詞的最高級和形容詞的最高級不同的地方是副詞的最高級前不加「the」。

He is the best **student.**　　　　[形容詞的最高級]
他是最好的學生。

He works best **in our team.**　　　　[副詞的最高級]
他在我們組裡工作最為出色。

副詞的比較級、最高級構造

種類	比較級	最高級
單音節副詞	+-(e)r	+-(e)st
子音+y	去y+-ier	去y+-iest
兩音節以上副詞	more+副詞	most+副詞

Practice 練習題

1. 請選出下列句中錯誤的句子。(　　　　　)

① Ali always comes to work late.

　阿里上班總是遲到。

② He hit the ball hardly.

　他使勁打擊那個球。

③ Sally is nearly 20.

　莎莉將近 20 歲了。

④ The taxi driver was very friendly.

　那個計程車司機很友善。

2. 請在空格處填入和內容相符的頻率副詞。

1) I _____ have a nightmare.

我時常會做噩夢。

2) _____ he tells me a funny joke.

他有時會跟我說有趣的笑話。

3) I've been to Hawaii only _____.

我只去過夏威夷一次。

3. 請選出括弧中正確的副詞,並用○標示出來。

1) He is (very, much) older than I am.

他歲數比我大得多。

2) I have read the book (ago, before).

我以前讀過那本書。

3) School has not begun (already, yet).

學校還沒開學。

4) The train started ten minutes (late, lately).

火車晚了十分鐘出發。

第6章★介系詞

1. 什麼是介系詞?（★）

part2-ch6-p1.mp3

　　介系詞又被稱為「前置詞」，這個「前」字就是「前面」的意思。由此我們不難看出，介系詞是位於某個詞前面的一類詞。那麼位於介系詞後面的是什麼詞呢?正是名詞或代名詞。介系詞不能單獨使用，只和句子中的名詞或代名詞連用時才有意義。英文中的介系詞很多。有的介系詞只有一個意思，有的介系詞則根據其後名詞或代名詞的不同，而有多種不同的意思。介系詞通常對下面四種情況進行說明。

- 時間
- 場所
- 方向
- 其它

就是這麼簡單!!

什麼是介系詞?

　　和名詞或代名詞一起連用，表示位置、時間或方向的詞。

2. 介系詞的種類

part2-ch6-p2.mp3

(1) 時間介系詞

① at（★）

　　「at」和「hour（時）、minute（分）、second（秒）」連用，表示相對比較短的時間。

What time do you close?
你們什麼時候關門呢？

We close at 8:00 p.m.
我們晚上八點關門。

② in（★）

　　「in」和「year（年）、month（月）」連用，表示相對比較長的時間。

The store will be open in April.
那個商店將在四月開幕。

　　開幕的時間是四月中的某一天。對「in April」再作進一步闡釋的話，可以解釋為「四月以內」的意思，表示相當長的一段時間。

再來一點！【in / at】

表示一天中的一部分時，也可以用介系詞「in」。

in the morning	在早上
in the afternoon	在下午
in the evening	在晚上

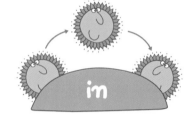

也有使用「at」的情況。

at noon	正午
at night	在夜晚

請將一天中使用「in」的情況和使用「at」的情況區分開來加以背誦記憶。

③ on（★）

「on」是表示特定的時間或日期的介系詞。表示星期時，一定要用「on」。

Congratulations on your wedding!
恭喜你們結婚！

這裡的「on」表示結婚這個特定的日子。

We go to church on Sundays.

我們每個星期天都會去教堂。

正如例句中所示，表示星期幾前一定要使用介系詞「on」。

再來一點！【in / on】

表示年或月這樣較長的時間時，用「in」；表示特定的日子時，用「on」。

I was born in May.

我是五月出生的。

I was born on May 5th, 2002.

我是 2002 年 5 月 5 日出生的。

④ before / after（★）

「before」和「after」是表示時間前後的介系詞。「before」表示之前，「after」表示之後。

I go jogging before breakfast.

我早餐前去慢跑。

I go to school after breakfast.

我早餐後去學校。

⑤ during／for（★）

　　「during」和「for」都可以表示「⋯期間」，後面接表示時間概念的名詞。但是，如下面例句所示，「during」和「for」的用法稍有不同。

We went abroad during summer vacation.
暑假期間我們去了國外。

We went abroad for two months.
我們去了國外兩個月。

　　像上面的例句這樣，後面接的名詞是像「two months」這樣具體的數字時，一定要用「for」。此外，其它情況下都用「during」。

⑥ till／by（★★★）

　　「till」和「by」都和表示時間的名詞一起連用，表示「⋯為止」的意思。但是兩者在意思上有差別。

The movie begins at 7. We have to wait till 7.
電影七點開始。我們得等到七點。

Please finish this homework by tomorrow.
請在明天前完成這個作業。

　　上面第一個例句中，等的這個行為一直持續到七點。相反的，第二個例句中，做完這個動作並不是一直持續到明天的，而是必須在明天以前結束的。即「till」表示「持續」的意思，而「by」則表示「完成」的意思。

(2) 地方介系詞

地方介系詞是表示某事物所在地方的介系詞。哪些詞是地方介系詞呢？

①at（★）

「at」不僅可以表示時間，也可以表示場所。在作時間介系詞時，「at」表示短的時間；在作地方介系詞時，「at」表示相對比較狹窄範圍的場所。

We arrived at Kennedy Airport.
我們到達了甘迺迪機場。

②in（★）

「in」和「at」一樣，不僅可以表示時間，也可以表示場所。表示長的時間時，可以用「in」；表示國家或城市等相對比較寬大的地方時，也可以用「in」。看看下面的例句，可以輕鬆地區分「in」和「at」在表示場所時的差別。

My parents live in New York.
我的父母住在紐約。

③on（★）

「on」作表示場所的介系詞使用時，是「在…上」的意思。「on」表示的不是懸在空中上的狀態，而是在接觸表面「上」的狀態。

A dog is lying on the grass.
一隻狗正躺在草地上。

④over／under（★★）

「over」表示「在…之上」，「under」表示「在…之下」。如果說「on」是表示接觸狀態的「上」的話，那麼「over」就是表示稍微懸空於表面狀態的「上」。「under」則表示位於下面的東西。

Raise your hands over your head.
把你的手舉超過頭。

She put her bag under the chair.
她把她的包包放在椅子下面。

⑤above／below（★★）

「above」和「below」和「over」及「under」類似，都表示上面或下面，但是與「over」和「under」相比，「above」和「below」表示的上面和下面是離參考物表面更遠的。

Look at the helicopter above that building.
看大樓上的那架直升機。

Go down one mile below the village.
往那個村莊下面走一英哩。

⑥behind（★★）

「behind」表示「在…後面」的意思。

Someone is hiding behind the tree.
有個人正躲在那棵樹後面。

⑦ between/among（★★）

兩者雖然都表示「在⋯之間」，但是在用法上稍有差異。

Sally is between Jim and Ron.
莎莉在吉姆和羅恩中間。

Harry is popular among girls.
哈利在女孩們裡很受歡迎。

兩者之間用「between」，三者以上之間用「among」。

(3) 方向介系詞

① from/to（★）

表示「從一個地點到另一個地點」時，可以用「from」和「to」。這時，出發地點用「from（從⋯）」，到達地點用「to（到⋯）」。

We traveled from California to New York.
我們從加州旅行到紐約。

不說出發地點，只說到達地點時，使用介系詞「to」就可以了。

I am going to New York.
我要去紐約。

② for（★）

「for」表示「往…」的意思。

I will leave for England.
我要前往英國。

③ up／down（★）

「up」表示「往上」，「down」表示「往下」。

He climbed up the mountain.
他往山上爬。

We sailed down the river.
我們順著河往下航行。

④ around（★）

「around」表示「在…周圍」的意思。

Let's run around the lake!
我們繞著湖的周圍跑吧！

⑤ into〔★〕

「into」表示「往裡面」的意思。

A frog jumped into the pond.
一隻青蛙跳進了池塘。

⑥ along〔★〕

「along」表示「沿著…」。

I walked along the street.
我沿著街道走。

⑦ across〔★★〕

「across」表示「穿越…」的意思。

I walked across the road.
我穿越了馬路。

⑧ toward〔★★〕

「toward」表示「朝向…」。

He kicked the ball toward the goal.
他把球朝向球門踢。

⑨ through〔★★〕

「through」表示「穿過…」的意思。

The train runs through the tunnel.
火車穿過隧道。

(4) 其它介系詞

① with（★）

「with」是「和…一起」的意思。

Judy is riding a bicycle.
朱蒂正在騎腳踏車。

Judy is riding a bicycle with Jim.
朱蒂正和吉姆一起騎腳踏車。

② by（★）

「by」表示「按照、依據…」或「借助…」的意思。

The book is written by Madonna.
那本書是瑪丹娜寫的。

I go to school by bus.
我坐公車去學校。

「by」也常常譯為「透過…」，表示手段或方法。

③ of（★）

「of」是「…的」、「由…做成」或「由於…」的意思。

The desk is made of wood.
這張桌子是用木頭做成的。

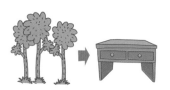

這時的「of」表示材料或構成成分，意思是「由…做成」。

My grandfather died of **cancer.**

我的爺爺死於癌症。

這時的「of」表示原因或理由，意為「由於…」

再來一點！【介系詞的順序】

一個句子中，並不是只能使用一個介系詞。請看下面的例句。

He arrived at **the station** in **London** at **7.**

他七點到達了倫敦的車站。

像上面的例句這樣，一個句子中可以使用兩個以上的介系詞。這時我們要注意究竟應該先用哪一個介系詞。一般說來，相對於表示時間的介系詞「at」，表示「場所」的介系詞「at」或「in」更常放於句子前段。此外，相對於表示「寬敞場所」的介系詞「in」，表示「狹窄場所」的介系詞「at」更常放於句子前段。

就是這麼簡單！！

介系詞的種類

時間	地方	方向	其它
at、in、on、before / after、during / for、till / by	at、in、on、over / under、above / below、behind、between / among	from / to、for、up / down、around、into、along、across、toward、through	with、by、of

3. 複合介系詞（★★）

part2-ch6-p3.mp3

由兩個或兩個以上的單字組成的一個介系詞，叫做複合介系詞。

by means of	by way of
根據、依據…	透過…
for the purpose of	for the sake of
為了…	為了…
in case of	in spite of
在…情況下	儘管…
because of	instead of
因為…	而非…
according to	thanks to
根據…	多虧…
in front of	out of
在…前面	從…出來

Let's meet in front of the theater.
我們在電影院前見面吧。

He took my present out of the box.
他把我的禮物從盒子裡拿出來

就是這麼簡單!!

什麼是複合介系詞？

　　由兩個或兩個以上的單字構成的一個介系詞。

Practice 練習題

1. 山姆一家去海邊玩。請看下面的圖畫，然後根據說明，在空格處填入適當的介系詞。

1) Sam's family are _____ the sandy beach.

   山姆一家在沙灘上。

2) Sam is lying _____ his parents.

   山姆躺在他的爸爸媽媽中間。

3) Three children are playing _____ them.

   三個小孩正在他們周圍玩耍。

4) Someone is throwing a beach ball _____ them.

   有人正朝他們扔一個沙灘球。

2. 請選擇（   ）中正確的介系詞，並用〇標示出來。

1) School begins（at, in）8.

   學校八點上課。

2)（For, During）holidays, he traveled a lot.

假期間，他到處旅行。

3) Come here（by, till）5.

五點前來這裡。

4) He always studies（on, over）the bed.

他總是在床上唸書。

5) A man is taking a nap（under, below）the tree.

一個男人正在樹下打瞌睡。

6) I found her（between, among）many people.

我在一群人中找到了她。

3. 請寫出下列介系詞的反義詞。

1) on ⟷ （　　）

（正）上 （正）下

2) up ⟷ （　　）

向上 向下

3) from ⟷ （　　）

從… 到…

4) into ⟷ （　　）

從外向裡 從裡向外

第7章★連接詞

1. 什麼是連接詞？（★★）

part2-ch7-p1.mp3

具體一點地說，連接詞有類似於鏈子一樣的作用。

它可以連接單字和單字，片語和片語，分句和分句。

中文裡的「並且、但是、因此、然而」這樣的詞就是連接詞。

下面，我們就來看看怎樣使用連接詞吧。

Jane and I are good friends. [單字和單字]
珍和我是好朋友。

Put the book on the table or on the desk. [片語和片語]
把那本書放在桌上或書桌上。

He is poor but he is happy. [分句和分句]
他窮但他快樂。

 再來一點！【片語和分句】

片語是組合兩個以上的單字表示一個意思的詞語。由於片語不包含主詞和動詞，因此不能稱為一個句子。要稱為句子，就必須要有主詞和動詞。相反地，分句（又稱子句）包括了主詞和動詞，是整個句子的一部分。

就是這麼簡單！！

什麼是連接詞？

連接單字和單字、片語和片語、分句和分句的詞。

2. 連接詞的種類

part2-ch7-p2.mp3

連接詞大體上分為「對等連接詞」和「從屬連接詞」兩類。

(1) 對等連接詞（★）

我們把對等連接詞聯想為等號（＝），就很好理解了。等號（＝）的意思就是「等於、相當於、像」的意思。由此，對等連接詞就是把關係等同的東西連接起來的連接詞。

對等連接詞有「and, or, but, so」等等。下面我們就一一地來認識。

① and

「and」是「並且」或者「因此」的意思。

I met my friend and we had brunch.

我見到了我的朋友，而且我們一起吃了早午餐。

這句話是「I met my friend.」和「We had brunch.」這兩句話連接而成的。兩句話都可以獨立使用，作為一個句子。「and」在這裡連接了兩個分句。

「and」也可以用在命令句中，表示「那麼、就」的意思。

Hurry up, and you can arrive on time.

快一點，你就能準時到達。

② or

「or」表示「或者、還是」的意思。

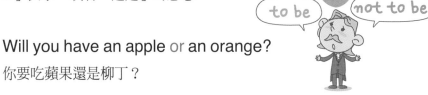

Will you have an apple or an orange?

你要吃蘋果還是柳丁？

這個句子中的「or」將「apple」和「orange」兩個單字連接起來。和「and」一樣，「or」在命令句中的意思也有不同。命令句中的「or」表示「否則、不然」的意思。

Hurry up, or you'll be late.

快一點，不然你會遲到。

③ but

「but」是「但是、卻」的意思。從它的意思中，我們可以看出，當想要表示與前面的內容相反的意思時，可以使用「but」這個連接詞。

She seems kind, but (she is) very selfish.

她看起來很善良，但是她很自私。

這句話中的「but」將「She seems kind.」和「She is very selfish.」這兩個句子連接起來了。善良和自私是相對的，因此我們使用了連接詞「but」。

另外，當被連接的兩個分句的主詞和動詞相同時，後面一個分句的主詞和動詞可以省略。

④ so

　「so」表示「所以、因此」的意思。當想要表示後句是前句的結果時，可以用「so」。請看下面的例句。

　He is ill, so he is absent today.

　他病了，所以他今天缺席了。

　上面的句子實際是由「He is ill.」和「He is absent today.」這兩句話組成的句子。「He is ill.（他病了。）」是原因，「so」後面的「He is absent today.（他今天缺席。）」是結果。

再來一點！【相關連接詞】

　相關連接詞和對等連接詞是屬於同一類的，連接同類的單字、片語和分句。相關連接詞的特點是一句話中同時使用兩個連接詞。由於這兩個連接詞總是同時使用，因此請把它們當作一個連接詞來記憶。下面我們就透過例句，來看看究竟有哪些相關連接詞。

● both A and B：A 和 B 兩者

　Both Peter and Ann are smart.
　彼得和安都很聰明。

● either A or B：A 或者 B 其中一個

　Either Tom or Helen will win.
　湯姆或者海倫會贏。

● neither A nor B：既不是 A，也不是 B；A 和 B 都不是

Neither **Jim** nor **David** is in my class.
吉姆和大衛都不在我的班上。

● not A but B：不是 A 而是 B

This is not **a piano** but **a keyboard**.
這不是鋼琴而是電子琴。

● not only A but also B：不僅是 A 還是 B

He is not only **handsome**, but also **kind**.
他不僅長得帥，而且還很善良。

(2) 從屬連接詞（★★★）

　　從屬連接詞是連接有主從關係的兩個句子的連接詞。這時具有主導地位的分句被稱為「主句」，而對主句作補充說明的分句被稱為「從句」。

　　例如，「我知道他很聰明」這句話，「我知道」是主句，表示知道的內容「他很聰明」這句話是從句。像這樣連接主句和從句的連接詞就是從屬連接詞。下面我們就來看看從屬連接詞有哪些。

①that

　　我們已經學習過「that」可以作指示代名詞，也可以作關係代名詞了。但是，我們還不知道「that」還可以作連接一個分句和另一個分句的從屬連接詞吧。

I know that he loves me.
我知道他愛我。

　　這個例句中的「我知道」是主句，「他愛我」是從句，而「that」將這兩個分句合成為一個句子。「that」之後的從句有了對主句內容進行補充說明的作用，即補充說明知道什麼事情。因此，這句話可以譯為「我知道他愛我。」

② 時間連接詞

　　表示時間的連接詞有「when, while, as soon as」等等。

● when：…的時候

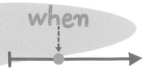

I liked him when I was young.
年輕的時候我喜歡過他。

● while：…的一段時間

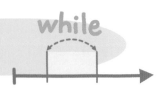

I fell asleep while (I was) reading.
我讀書的時候睡著了。

● as soon as：一…就…

As soon as he came home, he went to bed.
他一回到家就去睡覺了。

③ 原因、理由連接詞

　　表示原因或理由的連接詞有「because」和「since」。

- because：因為…

   He got very angry because I was late again.
   他非常生氣，因為我又遲到了。

- since：由於…

   Since she was tired, she went home early.
   由於她很累，她提早回家了。

④ 條件連接詞

   像「要是、如果…，如果不是…」這樣的表示條件的連接詞有「if」和
「unless」。

- if：要是、如果…

   If he goes, I'll go too.
   如果他走，我也要走。

- unless（if...not）：如果不是…

   Let's go on a trip unless it rains tomorrow.
   要是明天不下雨，我們就去旅行吧。

⑤ 讓步連接詞

   像「儘管…、即使…」這樣表示讓步意義的連接詞有「though」和
「although」。

● though：儘管⋯

Though he studied hard, he failed again.
儘管他很努力學習，他還是失敗了。

● although：即使⋯

He is not lucky although he is very diligent.
他很不幸運，即使他很勤奮。

再來一點！【既可作介系詞也可作連接詞的詞】

　　有的介系詞同時也可以作連接詞。當然並不是所有的介系詞都是這樣。既可作介系詞也可作連接詞的有「before, after, till」等。

> I have to go home before dark.

I have to go home before dark.　　　　　　[介系詞]
天黑以前我必須回家。

I have to go home before it gets dark.　　[連接詞]
天變黑之前我必須回家。

　　上面兩個句子的意思雖然都是一樣的，但是第一個句子中的「before」，因為用在名詞（dark）前，所以是介系詞。而第二個句子中的「before」，因為放在句子（It gets dark.）前，所以是連接詞。

I'll lend you another book after you read this.

你讀完這本書後我會再借給你另外一本。

Let's wait till the rain stops.

讓我們等到雨停了吧。

「after」和「till」之後接的都是完整的句子。由此，我們可以知道這時的「after」和「till」都是作為連接詞使用的。

就是這麼簡單!!

連接詞的種類

對等連接詞	相關連接詞	從屬連接詞
and	both...and...	that
or	either...or...	[時間] when / while / as soon as
but	neither...nor...	[理由] because / since
so	not...but...	[條件] if / unless
not	not only...but also...	[讓步] though / although

Practice 練習題

1. 請填入意思上符合的連接詞。

1) Nick _____ I are in our third year.

尼克和我是三年級的。

2) I study in Korea, _____ he studies in England.

我在韓國上學，但是他在英國上學。

3) Which do you like, pizza _____ spaghetti?

你喜歡哪一個，披薩還是義大利麵？

2. 請找出正確的連接詞，並填入相應的空格處。

> and　　　or　　　but also

1) Either you _____ I am wrong.

你和我其中一個是錯的。

2) He can play not only the piano _____ the Violin.

他不僅會彈鋼琴，還會拉小提琴。

3) I like both watermelons _____ tomatoes.

西瓜和蕃茄兩個我都喜歡。

3. 請選出（　）中正確的從屬連接詞，並用〇標示出來。

1) （When, As soon as）he left home, he ran to her.

他一離開家，就朝她跑去。

2) Emily bought a new car（that, although）she had no money.

儘管艾蜜莉沒有錢，她還是買了一輛新車。

第三部分

輕鬆面對複雜英文句型

到目前為止，我們已經學習了英文中的基本句型，以及構成句子的各種詞類。在第三部分，我們將學習稍微複雜一些的內容。它們就是在英文文法學習過程中，絕不能漏掉的被動語態、動詞不定詞、分詞、動名詞和假設語氣。在接下來的章節中，我們就要對這些內容一一地來作詳盡的講解。

第1章★被動語態

1. 什麼是被動語態？（★★）

part3-ch1-p1.mp3

　　「被動」表示接受或承擔來自於其它事物的動作。某人做了某事讓我高興或者驚訝，其實也就是我被某人做的某事引起高興或驚訝的感覺。因此，這種情況下，我們就要使用被動語態。非被動語態的其它一般句子，被稱為「主動語態」。主動語態是指動作由主詞發出，即主詞表示行動主體的句子。我們先來看看下面的例句吧。

主動語態 　　　　被動語態

A cat catches a mouse.　　A mouse is caught by a cat.

貓抓住了一隻老鼠。　　　　老鼠被一隻貓抓住了。

　　上面兩個例句表達的意思雖然一樣，但是根據主詞是動作發出者或承受者的不同，表現成主動語態和被動語態兩種不同的形式。左邊的例句，貓直接對老鼠發出行動，最後抓到老鼠，這是主動語態。右邊的例句，老鼠承受了貓發出的行動，最後被貓抓到，這是被動語態。

就是這麼簡單!!

什麼是被動語態？

　　表示承受主體發出的動作或行動的句子。

2. 被動語態構造

part3-ch1-p2.mp3

(1) 第三句型的被動語態（★★）

　　第一句型和第二句型中，沒有表示接受行動的對象，即「受詞」。因此，被動語態不適用於第一句型和第二句型。被動語態的基本句型是有受詞的第三句型。

　　「He teaches me.（他教我。）」這個句子，怎樣變為被動語態呢？

①主詞構造

　　主動語態的受詞變為被動語態的主詞。但是，當主動語態的受詞是代名詞受格時，該代名詞需要轉換為主格的形式。

He teaches me. → I
　　　　（受詞）　　（主詞：「me」的主格）

②動詞構造

　　主動語態的動詞在被動語態中，要轉換為「be 動詞＋過去分詞」的形式。這時 be 動詞的形式要和被動語態句子中的主詞和主動語態句子中原來的時態保持一致。

He teaches me. → am taught
　（現在動詞）　[be動詞（現在式）＋過去分詞]

③「by＋受格」構造

　　最後要加上「by」，以及主動語態中的主詞。當主動語態的主詞是代名詞時，需要將該代名詞轉換為其受格的形式。

He teaches me. → by him
（主詞）　　　　　　（by＋「he」的受格）

被動語態句子中的「by」是「由、根據、依照…」的意思，表示該行為的發出者。

He teaches me.　　　[主動語態]
他教我。

I am taught by him.　　[被動語態]
我被他教。

(2) 第四句型的被動語態（★★）

第四句型中有兩個受詞，即直接受詞和間接受詞。直接受詞表示所做的行動，間接受詞表示該行動的對象。

I gave Chris a doll.
我給了克里斯一個玩偶。

Chris　　　　[間接受詞]
a doll　　　　[直接受詞]

在將第三句型轉換為被動語態時，被動語態中的主詞其實是主動語態中的受詞。但是，第四句型有兩個受詞，到底哪一個應該被轉換為被動語態中的主詞呢？答案是兩個皆有可能。受詞是兩個時，看起來雖然有點難，但是轉換為被動語態的方法和第三句型是一樣的。

①間接受詞作主詞的情況

I gave Chris a doll.

→ Chris was given a doll by me.
克里斯從我這兒得到了一個玩偶。

②直接受詞作主詞的情況

I gave Chris a doll.
→ A doll was given (to) Chris by me.
一個玩偶由我給了克里斯。

接下來，我們再看看其它由第四句型轉換而來的被動語態。

Jane sent me a postcard.
珍寄給我一張明信片。
→ I was sent a postcard by Jane.
我從珍那裡收到一張明信片。
→ A postcard was sent (to) me by Jane.
一張明信片由珍寄給了我。

(3) 第五句型的被動語態（★★★）

第五句型是由主詞、動詞、受詞和受詞補語構成的句子。下面我們來看看由第五句型轉化而來的被動語態。

We elected Tom a monitor.　　　　　　[主動語態]
我們選湯姆為班長。
Tom was elected a monitor by us.　　　[被動語態]
湯姆被我們選為班長。

從例句我們可以看出，第五句型轉換為被動語態的方法和第三句型或第四句型是一樣的。

就是這麼簡單!!

被動語態構造

規則	例句
主動語態 → 被動語態	I play the drum. → The drum is played by me.
受詞 → 主詞[主格]	the drum → The drum
動詞 → be 動詞＋過去分詞	play → is played
主詞 → by＋受格	I → by me

3. 需要注意的被動語態

part3-ch1-p3.mp3

(1) 不使用 by 的被動語態（★★）

被動語態的句子，在句尾一般會用 by 加上主動語態句中的主詞。然而，也有像下面例句這樣不使用 by 的兩種情況。

①主動語態的主詞是一般人稱代名詞時

He is called Tommy.

他叫湯米。

這句話是一個被動句，但是，句尾部分並沒有「by...」。實際上，這是省略了句尾的「by us」部分。即使句中沒有顯示行為的發出者，也不難理解句子的意思。如果將上面的句子轉換為主動語態，就會是下面這樣。

He is called Tommy.　　　[被動語態]
他叫湯米。

↓

We call him Tommy.　　　[主動語態]
我們叫他湯米。

　　叫他湯米的人可以是我，也可以是你，還可以是第三者。因此，用我們不是最恰當的嗎？像這樣，當行為發出者不確定時，我們通常可以省略「by...」。

　　下面的例句，也是類似無法確定行為發出者的情況，因此都省略了「by...」。

Stars are seen at night.
星星在夜晚被看見。

→ We see stars at night.
　 我們在夜晚看星星。

Corn is grown in Iowa.
玉米被種植在愛荷華州。

→ People grow corn in Iowa.
　 人們在愛荷華州種植玉米。

　　像這樣，當主動語態的主詞是「we（我們）、they（他們）、people（人們）」這樣非特定的一般人稱代名詞時，被動語態可以省略「by...」。

②主體不明確時

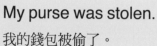

My purse was stolen.
我的錢包被偷了。

　　上面的例句也是一個被動語態的句子，但是為什麼省略了「by...」呢？
我們仔細想想這句話的意思吧。這個句子的行為發出者應該是偷走錢包的小
偷，但究竟誰是那個小偷無法明確得知。像這樣行為發出者不明確的情況下，
「by...」通常會省略掉。如果將上面這個例句轉換為主動語態，就會如同下面
例句的形式。

My purse was stolen.　　[被動語態]
我的錢包被偷了。

Someone **stole my purse.** [主動語態]
有人偷了我的錢包。

再來看看其它例句吧。

a sweater　　made　　in china

This sweater is made in China.
這件毛衣是中國製造的。

　　上面這個例句，也無法指明製造毛衣的主體，因此沒有使用「by...」。

(2) 常用被動語態形式 (★★)

主動語態的主詞在被動語態的句子中要轉換為「by + 受格」的形式，這一點我們已經學習過了。但是，根據動詞的不同，有的被動語態的句子不使用「by...」，而是使用其它的介系詞。下面這些例句就是這樣的情況。

be surprised at	be interested in
驚訝於…	對…感興趣
be pleased with	be satisfied with
對…感到開心	對…感到滿意
be disappointed with	be tired of
對…感到失望	對…感到厭倦
be known to	be known for
為…所知	因…而有名
be made from	be made of
由…所製造	由…所製造
be coverd with	be filled with
被…所覆蓋	被…所填滿

像上面這些例子，就是不使用「by」，而使用其它特定介系詞的情況。由於都是常用的固定表達，因此只能靠背誦來記憶。下面我們就來看看這些固定搭配在句子中的使用情況。

We were surprised at the news.
對於那個消息，我們都很驚訝。

Mom was pleased with my gift.
媽媽很喜歡我送的禮物。

I was disappointed with his behavior.
我對他的行為很失望。

Mark Twain is known to many readers.
馬克‧吐溫為很多讀者所熟知。

　　要表示某物是由某材料製成時，有兩種情況。由於材料發生了外觀或性質變化而導致無法辨別材料原來的狀態時，要用「be made from」；當材料原來的狀態得以維持時，則用「be made of」。

Cheese is made from milk.
乳酪是用牛奶製成的。

Wine is made from grapes.
葡萄酒是用葡萄製成的。

This table is made of wood.
這張桌子是用木頭製成的。

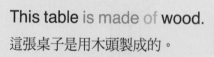 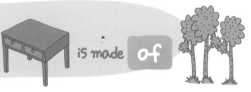

This statue is made of stone.
這個雕像是用石頭製成的。

就是這麼簡單!!

被動語態的慣用型表達

種類	涵義	種類	涵義
be surprised of	驚訝於…	be interested in	對…感興趣
be pleased with	對…感到開心	be satisfied with	對…感到滿意
be disappointed with	對…感到失望	be tired of	對…感到厭倦
be known to	為…所知	be known for	因…而有名
be made from	由…所製造	be made of	由…所製造
be coverd with	被…所覆蓋	be filled with	被…所填滿

Practice 練習題

1. 下面這些都是由主動語態變為被動語態的句子。請將空格處填滿。

1) He taught me.

他教我。

→ _____ was taught by him.

我被他教。

2) She wrote the book.

　她寫了那本書。

　　→The book ＿＿＿＿＿ ＿＿＿＿＿ by her.

　　　那本書是由她寫的。

3) He scored the winning goal.

　他踢進決勝球。

　　→The winning goal was scored ＿＿＿＿＿ ＿＿＿＿＿.

　　　決勝球是被他踢進的。

2. 下面的句子都是第四句型。圖片代表主詞，請將各個句子改為被動語態。

He gave me the flowers.

他給了我那束花。

1) ➡ ＿＿＿＿＿＿＿＿＿＿＿＿＿＿＿

　　　　　　　我從他那裡收到那束花。

2) ➡ ＿＿＿＿＿＿＿＿＿＿＿＿＿＿＿

　　　　　　　那束花由他送給了我。

3. 請選擇恰當的介系詞填入空格處。

with	from	at	of	in

1) Jack was surprised _____ the accident.
   傑克對那場事故感到很驚訝。

2) He is much interested _____ Greek culture.
   他對希臘文化非常感興趣。

3) We were disappointed _____ that actor.
   我們對那個演員感到失望。

4) Butter is made _____ milk.
   奶油是用牛奶製成的。

5) That house is made _____ steel.
   那房子是用鋼筋製成的。

第2章★動詞不定詞

1. 什麼是動詞不定詞？（★★）

part3-ch2-p1.mp3

　　動詞不定詞又稱「不定詞」，是一種不確定的詞類，它帶有動詞的性質，但是卻充當其它詞類的角色。動詞不定詞，有使用動詞原形的動詞原形不定詞，也有在動詞原形前加「to」的 to 動詞不定詞。動詞不定詞在句中，可以充當名詞，也可以充當形容詞或者副詞。

就是這麼簡單!!

什麼是動詞不定詞

　　由動詞來充當名詞、形容詞或者副詞。

2. 動詞不定詞的構造（★★）

part3-ch2-p2.mp3

　　不定詞的構造其實非常簡單，前面我們提到過的動詞原形不定詞，只要使用動詞的原形即可。to 動詞不定詞則只需要在動詞原形前加「to」即可。

原形動詞不定詞
study
eat
see

to動詞不定詞
to study
to eat
to see

就是這麼簡單!!

動詞不定詞構造

原形動詞不定詞	to動詞不定詞
動詞原形	to＋動詞原形

3. to 動詞不定詞的用法

part3-ch2-p3.mp3

(1) 名詞性用法〔★★〕

　　中文裡，「讀」與「寫」這類動詞可直接當作名詞用。而在英文裡，動詞前加上「to」也可以將動詞轉換為名詞。

　　一方面，名詞可以在句中作主詞、受詞或補語。由此，充當名詞的 to 動詞不定詞也可以在句中作主詞、受詞或補語。請看下面的例句。

① 作主詞

To swim is a lot of fun.
游泳是很有意思的。

　　這個例句中的主詞是「to swim」，這就是動詞不定詞作主詞的情況。

② 作受詞

I want to leave.
我想離開。

　　這個例句中的受詞是「to leave」，這是 to 動詞不定詞作受詞的情況。

③作補語

My hope is to succeed.
我的理想是出人頭地。

　　補語是對主詞加以補充說明的成分。由此，「to succeed」這個 to 動詞不定詞在句中充當補語，對我的理想是什麼作補充說明。

(2) 形容詞性用法（★★★）

　　動詞轉換為形容詞時，和動詞轉換為名詞時差不多，在動詞前加上「to」即可。這樣，to 動詞不定詞就可以有兩種作用，即形容詞修飾名詞或代名詞的限定性用法和形容詞對名詞或代名詞加以敘述的敘述性用法。

① 限定性用法

Give me something to drink.　給我喝的東西。

It's time to go to school.　是去學校的時間。

　　限定性用法就是像上面例句這樣，從後面對名詞或代名詞予以修飾。
②敘述性用法

They are to meet at 6.
他們約定六點見面。

be 動詞　to 不定詞

表示計畫，義務，可能，命運，意圖等

→ They will meet at 6.

敘述性用法就是 to 動詞不定詞借助 be 動詞在句子中充當「敘述語（謂語）」。充當敘述語時，to 動詞不定詞根據情況的不同，分別可以表示「計畫、義務、可能、命運、意圖」等意思。前面的例句是表示「計畫」的情況。

You are to do your homework at home.
你該在家做你的功課。

→ You should do your homework at home.

上面例句則是表示「義務」的情況。

(3) 副詞性用法（★★★）

動詞轉換為副詞時，也是在動詞前加上「to」即可。to 動詞不定詞充當副詞時，修飾動詞或形容詞，表示目的、原因或結果。

①表目的

表目的時，一般譯為「為了…」。to 動詞不定詞作副詞，表示「目的」之意的情況非常多，因此我們一定要記住這種用法

I came here to study.
我來這裡唸書。

「to study」表示來這裡的目的是唸書。

②表原因理由

表原因、理由時，通常譯為「因此、所以」。

I'm pleased to meet you.
見到你我很高興。

「to meet」對高興的原因作了說明。

He must be happy to be with her.
和她在一起，他一定很幸福。

「to be」對為什麼幸福的理由作了說明。

③表結果

to 動詞不定詞也可以表示結果，通常譯為「成為…」。

Harry grew up to be a pianist.
哈利長大後成為一名鋼琴家。

「to be」對長大後成了什麼的結果作了說明。

就是這麼簡單!!

to 動詞不定詞的作用

種類	例句
名詞	I want to study.
形容詞	It's time to study.
副詞	I go to Canada to study.

4. 接原形動詞不定詞的動詞（★★★）

part3-ch2-p4.mp3

　　有的動詞只能使用原形動詞不定詞，這時就不能添加「to」了。在用原形動詞不定詞時，前面會出現像下面這些特別的動詞。

(1) 感官動詞

　　感官動詞是表示認知或感覺的動詞，如「see（看）、hear（聽）、smell（聞）、taste（嚐）、feel（感到）」等這樣的動詞。像這樣的感官動詞，在受詞後接上的動詞，不是用 to 動詞不定詞，而須用原形動詞不定詞。

因此，要造表示「誰看見、聽見、感覺到誰做…」這樣的英文句子時，我們要使用「主詞＋感官動詞＋受詞＋原形動詞不定詞」的形式。請看下面的例句。

I saw him cook.
我看見他在煮飯。

I heard birds sing.
我聽見鳥兒在唱歌。

(2) 使役動詞

　　英文中常用的使役動詞有「make（做）、let（讓）、have（讓）」。從這些單字的意思，我們可以比較明確暸解使役動

詞究竟是什麼樣的詞了吧？

　　使役動詞是表示讓他人做某事的動詞。句子中若有使役動詞，其後的動詞必須用原形動詞不定詞。

> Let me go.
> 讓我走。

　　這句話中的「let」是一個使役動詞，「me」是受詞。這種情況下受詞後應接原形動詞不定詞，因此要用「go」，而不是「to go」。再來看看其它的例句。

> Daddy made me do errands.
> 爸爸讓我做些差事。
>
> Fred had me clean the basement.
> 佛瑞德讓我打掃地下室。

(3) 其它動詞

　　有的動詞既不是感官動詞，也不是使役動詞，但是可以同時使用原形動詞不定詞及 to 動詞不定詞。

> He helped me (to) solve the problem.
> 他幫助我解決那個問題。

　　像「help」這樣的動詞，受詞之後也能使用原形動詞不定詞。

5. 接 to 動詞不定詞的動詞（★★★）

part3-ch2-p5.mp3

　　有的動詞必須接原形動詞不定詞，而有的動詞則必須接 to 動詞不定詞。這樣的情況，也會隨著前面動詞的不同而不同。在受詞的位置上使用 to 動詞不定詞的動詞有下面這些。

decide	plan	hope
決定	計畫	希望
expect	promise	want
期待	承諾	想

上面這些例詞之後都必須跟上 to 動詞不定詞。來看看下面的例句吧。

I want to be a writer.
我想成為一名作家。

I plan to move somewhere.
我計畫搬去某個地方。

我們不要盲目地去死記硬背哪些動詞是使用原形動詞不定詞，哪些動詞是使用 to 動詞不定詞。我們先來想想這些動詞的涵義，特別是接 to 動詞不定詞的動詞，它們在涵義上都有共同的特徵。「hope（希望）、plan（計畫）、promise（承諾）、want（想）、expect（期待）、decide（決定）」都是表示現在還沒出現或發生的狀態或行動。因此請記住，意思上和「未來」有關聯的動詞之後要接上 to 動詞不定詞。

就是這麼簡單 !!

使用原形動詞不定詞的動詞和使用 to 動詞不定詞的動詞

動詞＋原形動詞不定詞	動詞＋to 動詞不定詞
[感官動詞]see、feel、taste	want、hope、expect
[使役動詞]make、let、have	promise、plan、decide

1. 請從下列句中選出不定詞不作名詞的句子。（　　　）

① To park here is impossible.
在這裡停車是不可能的。

② I like to go bowling.
我喜歡去打保齡球。

③ I went out to drive with Lily.
我出去和莉莉一起兜風。

④ My hoppy is to cook.
我的興趣是烹飪。

2. 請選出（　　　）中正確的詞，並用○標示出來。

1) Do you want to（is, are, be）a swimmer?
你想成為一名游泳選手嗎？

2) I have something（to, for, of）tell you.
我有事情要告訴你。

3) I saw her（to study, study, studied）.
我看見她在唸書。

3. 下面的句子都是錯誤的句子，請將它們改正。

1) I heard him to cry.

我聽見他哭。

→ _____

2) We plan start studying English this year.

我計畫今年開始學英文。

→ _____

3) He had me to leave here.

他讓我離開這裡。

→ _____

4) She hopes being a teacher.

她希望將來成為一名老師。

→ _____

5) John made me to help Jane.

約翰讓我幫忙珍。

→ _____

6) I would like meeting you.

我想見你。

→ _____

 第3章★動名詞

1. 什麼是動名詞？（★★）

part3-ch3-p1.mp3

　　從字面上我們就可以看出，動名詞是指「動詞充當名詞」用。動詞轉換為名詞有兩種方法，一種是我們在前一章學習過的 to 動詞不定詞，另一種就是我們將要在這一章學習的動名詞。

就是這麼簡單!!

什麼是動名詞？

　　即動詞的形式發生變化後具有名詞作用的詞。

2. 動名詞的構造（★★）

part3-ch3-p2.mp3

● 大部分的動名詞是在原形基礎上加「-ing」。

rain　→　raining
speak　→　speaking

rain + ing
||
raining

● 以「e」結尾的動詞，去「e」再加「-ing」。

dance　→　dancing
love　→　loving

dance + ing
||
dancing

● 以「短母音＋子音」結尾的動詞，先重複字尾，再加「-ing」。

stop → stopping
cut → cutting

stop + ing
＝
stopping

「help」是唯一一個以「短母音＋子音」結尾卻不重複字尾的動詞，它是直接加上「-ing」的字。

help → helpping（X）
　　　 helping（○）

就是這麼簡單!!

動名詞構造

規則	例字
動詞 → -ing	play → playing
-e → ⌀ing（劃掉e）	love → loving
短母音 + 子音 → 重複字尾 + -ing	stop → stopping

3. 動名詞的作用（★★）

part3-ch3-p3.mp3

　　動名詞帶有動詞的意義，卻作為名詞來使用。在句子中，具有名詞作用的動名詞可以作主詞、受詞、補語、介系詞的受詞等，譯為「做…、做…事情」。

● 主詞

Studying **math is difficult.**
學習數學很難。

● 受詞

They stopped fighting.
他們停止了打鬥。

● 補語

My hobby is making **dolls.**
我的嗜好是製作玩偶。

● 介系詞的受詞

　　我們在前面學過，介系詞總是和名詞一起使用。因此，有名詞作用的動名詞和介系詞一起使用時，就成了介系詞的受詞了。請看下面的例句。

Thank you for inviting **me.**
感謝你邀請我。

I'm interested in learning **English.**
我對學英文很感興趣。

就是這麼簡單!!

動名詞的作用

種類	例句
主詞	Fishing is boring.
受詞	We like fishing.
補語	His hobby is fishing.
介系詞的受詞	I'm interested in fishing.

4. 接動名詞的動詞（★★★）

part3-ch3-p4.mp3

　　有的動詞後面只能接 to 動詞不定詞作受詞，而有的動詞後面則只能接動名詞作受詞。下面我們就來看看這樣的動詞有哪些：

● enjoy：喜歡

I enjoy listening to music.
我喜歡聽音樂。

● finish：結束

He finished repairing the car.
他結束修理那部車了。

● mind：介意、在意

Would you mind opening the window?
你介意去打開窗戶嗎？

5. 可接動名詞及 to 不定詞的動詞（★★★）

part3-ch3-p5.mp3

有一些動詞後面既可接動名詞，也可接 to 不定詞。下面我們就來看看這樣的動詞主要有哪些：

● begin：開始

> We began to draw a picture.
> = We began drawing a picture.
> 我們開始畫畫。

● like：喜歡

> I like to dance.
> = I like dancing.
> 我喜歡跳舞。

和「begin」意思一樣的「start（開始）」，和「like」意思類似的「love（愛）」，以及和「like」意思相反的「hate（討厭）」，後面所接的動詞，既可以用動名詞的形式，也可以用 to 不定詞的形式。無論使用這兩種形式中的哪一種，其意思都是一樣的。

再來一點！【需要注意的動詞】

「stop, try」也是既可以接動名詞，也可以接 to 不定詞的動詞。但是，雖然兩種形式都可以，其句子的意思卻有很大的差別。下面我們就透過例句來看看這兩種形式在意思上的差別吧。

● stop：停止

He stopped to talk.
他停了下來，然後開始說話。

He stopped talking.
他停止了說話。

● try：嘗試

Tom tried to do it.
湯姆嘗試去做那件事。

Tom tried doing it.
湯姆嘗試做過那件事。

　　除了上面這兩個動詞，「remember（記得）、forget（忘記）」等動詞在用動名詞作受詞和 to 不定詞作受詞時，意思也是有差別的。它們在用 to 不定詞作受詞時，帶有表示未來的涵義，譯為「記得 / 忘記要做…」。而在用動名詞作受詞時，帶有表示過去的涵義，譯為「記得 / 忘記做過…」。

就是這麼簡單！！

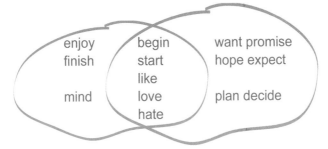

使用動名詞的動詞　　　使用to不定詞的動詞

enjoy　　begin　　　want promise
finish　　start　　　hope expect
　　　　　like
mind　　love　　　plan decide
　　　　　hate

1. 下列句子，正確的請在（　　　）內打○，錯誤的請在（　　　）內打X。

1) I like playing cards. (　　　)

我喜歡玩牌。

2) Susan does not enjoy to travel. (　　　)

蘇珊不喜歡旅行。

3) I hate to go around. (　　　)

我討厭繞來繞去。

4) Mom finished to setting the table. (　　　)

媽媽把桌子擺好了。

2. 請選出恰當的動詞，並在空格處填入動詞的正確形式。

| smoke | wash | read | help |

1) We enjoy _____ comic books.

我們喜歡看漫畫書。

2) Daddy stopped _____ a year ago.

爸爸一年前戒煙了。

3) I was busy _____ my mother all day long.

我一整天都忙著幫我媽媽。

4) She let me _____ dishes.

她讓我洗碗。

第4章★分詞

1. 什麼是分詞？（★★）

part3-ch4-p1.mp3

　　動詞加上「-ing」或「-ed」後的形式被稱為「分詞」。分詞在句中可以充當動詞或者形容詞。因此，像動詞一樣，分詞可以表示事物的動作，或像形容詞一樣，表示事物的狀態。分詞包括表示主動、進行意義的現在分詞（-ing），以及表示被動、完成意義的過去分詞（-ed）。

就是這麼簡單！！

什麼是分詞？

　　動詞加上「-ing」或「-ed」後的形式，具有動詞或形容詞作用的詞。

2. 分詞的構造（★★）

part3-ch4-p2.mp3

(1) 現在分詞：動詞原形＋ -ing

　　動詞原形加上「-ing」後構成現在分詞，表示主動和進行的涵義。現在分詞和我們前面學習過的動名詞形式是一樣的。

the sleeping baby　　　[主動]
正在睡覺的嬰兒

The sun is rising.　　　[進行]
太陽正升起。

(2) 過去分詞：動詞原形＋ -ed

我們前面學過，動詞有現在、過去和過去分詞三種形式。過去分詞的形式一般情況下是在動詞原形後加「-ed」，但是我們也要注意一些不規則變化的動詞。過去分詞帶有被動和完成的涵義。

a baked apple　　　　　　[被動]
一個烤過的蘋果

I have finished painting. [完成]
我畫完畫了。

就是這麼簡單！！

分詞構造

種類	規則	例字	意義
現在分詞	動詞原形 ＋ -ing	boil → boiling	主動、進行
過去分詞	動詞原形 ＋ -ed	boil → boiled	被動、完成

3. 現在分詞的作用

part3-ch4-p3.mp3

(1) 動詞的進行時態（★★）

現在分詞和 be 動詞結合，可以表示進行的狀態。進行時態分為現在進行（be 動詞現在式＋現在分詞）和過去進行（be 動詞過去式＋現在分詞）兩種類型。

Susan is sleeping on her bed.　　　　[現在進行]
蘇珊正在她的床上睡覺。

Mom was baking bread when I arrived.　[過去進行]
我到達的時候，媽媽正在烤麵包。

(2) 形容詞作用（★★）

　　有形容詞作用的現在分詞，可以修飾名詞或代名詞。它具有限定的作用，也具有敘述的作用，充當主詞補語或受詞補語。

①限定性作用

Have you seen a talking bird?
你見過會說話的鳥嗎？

Do something interesting.
做點有趣的事情。

　　要注意的是，在修飾不定代名詞時，修飾詞一定要後置，即放在該不定代名詞之後。所謂「不定代名詞」，就是指對象不明確的代名詞，有「something」、「nothing」、「anything」等。

②敘述性作用

　　形容詞起敘述性作用時，既可以充當對主詞進行補充說明的主詞補語，也可以充當對受詞進行補充說明的受詞補語。同樣地，現在分詞在作形容詞用時，也可以充當主詞補語和受詞補語。

He was playing the drums.　　　　[主詞補語]
他那時正在打鼓。

I saw him playing the drums.　　　[受詞補語]
我看到他在打鼓。

4. 過去分詞的作用

part3-ch4-p4.mp3

前面我們學習過的動詞的完成時態和被動語態，兩者都需要使用過去分詞。完成時態的句子需要將過去分詞和「have」結合，而被動語態的句子需要將過去分詞和「be 動詞」結合。

(1) 動詞的完成時態（★★）

完成時態包括現在完成（have, has＋過去分詞）和過去完成（had＋過去分詞）兩種類型。

I have been to London.　　　　　　　[現在完成]
我去過倫敦。

I had been to London before I was 10.　[過去完成]
我十歲前去過倫敦。

(2) 被動語態（★★）

造被動語態的句子時，需要將過去分詞和 be 動詞結合。

My dog is called Mimi.
我的狗叫咪咪。

(3) 形容詞作用（★★★）

① 限定性用法

That is a used car.
那是輛用過的車（二手車）。

如果修飾語比較長，那麼將修飾語放在名詞後面。

This is the stick broken by Tom.

這是那枝被湯姆折斷的棍子。

The lady dressed in white **is Jane.**

那個穿著白色禮服的女士是珍。

和現在分詞一樣，過去分詞在修飾不定代名詞時，也要放在該不定代名詞之後。

There is nothing left.

什麼都沒有留下。

②敘述性用法

和現在分詞一樣，過去分詞也可以充當主詞補語和受詞補語，而有敘述的作用。

He seems interested **in hip-hop.**　　　[主詞補語]

他看起來對嘻哈很感興趣。

I found my camera stolen.　　　[受詞補語]

我發現我的相機被偷了。

就是這麼簡單!!

分詞的作用

種類	形式	作用
現在分詞 [主動、進行]	be動詞＋現在分詞	動詞的進行時態
	現在分詞＋名詞	形容詞作用
過去分詞 [被動、完成]	have＋過去分詞	動詞的完成時態
	be動詞＋過去分詞	被動語態
	過去分詞＋名詞	形容詞作用

5. 需要注意的分詞

part3-ch4-p5.mp3

(1) 現在分詞和動名詞（★★）

　　現在分詞和動名詞在形式上是一模一樣的。因此，動詞原形加上「-ing」後，到底是分詞還是動名詞就需要我們仔細判斷。其實，這個時候我們只要稍作分析，並不難正確得出結論。有進行式或形容詞作用的現在分詞可以譯為「正在做…」，然而動名詞則須像名詞一樣來解釋，譯為「做的事」。透過下面的例句我們來看看這兩者的區別。

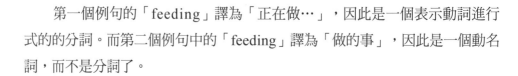

He is feeding the horses.　[現在分詞]
他正在餵馬。

His job is feeding the horses.　[動名詞]
他的工作是餵馬。

　　第一個例句的「feeding」譯為「正在做…」，因此是一個表示動詞進行式的的分詞。而第二個例句中的「feeding」譯為「做的事」，因此是一個動名詞，而不是分詞了。

(2) 現在分詞和過去分詞〔★★★〕

　　分詞在充當形容詞時，有修飾名詞或代名詞的作用，作主詞補語或受詞補語。那麼，在分詞的位置上，到底是要使用現在分詞，還是使用過去分詞呢？我們先來看看下面的例句。

The ice hockey game was exciting.
冰上曲棍球比賽很刺激。

They were all excited at the scene.
看到那個場面，他們都很興奮。

　　第一個例句，表示刺激時，用了帶有主動意義的現在分詞「exciting」。而第二個例句為什麼要用過去分詞「excited」呢？這裡，站在「They」的立場來看，是想表達他們看到那個場面後感到很興奮，即那個場面給了他們興奮的感覺。因此，在第二個例句中，使用了帶有被動意義的過去分詞「excited」。

就是這麼簡單！！

分詞的區別

種類	涵義	例字
現在分詞	主動意義	boring movie
過去分詞	被動意義	bored people

1. 請在空格處填入（　　）中動詞的正確形式。

1) I got a _____ car from him.　　　　　（use）
   我從他那兒得到了一輛二手車。

2) The _____ dogs frightened me.　　　　（bark）
   那些狂吠的狗把我嚇壞了。

3) Leave the door_____.　　　　　　　（open）
   讓門開著。

2. 下列句子中，有一句畫線部分的分詞用法與它句不同，請將它選出。（　　　）

① I was <u>watching</u> TV.
   我那時正在看電視。

② He was <u>eating</u> cookies.
   他那時正在吃餅乾。

③ He came out of the <u>burning</u> house.
   他從那間著火的房子走了出來。

④ I'm <u>raising</u> two puppies.
   我現在養了兩條小狗。

3. 請注意下面的分詞，和圖片符合的請答Yes，不符合的答No，請順著箭頭往下連。

Yes ───────→   No - - - - →

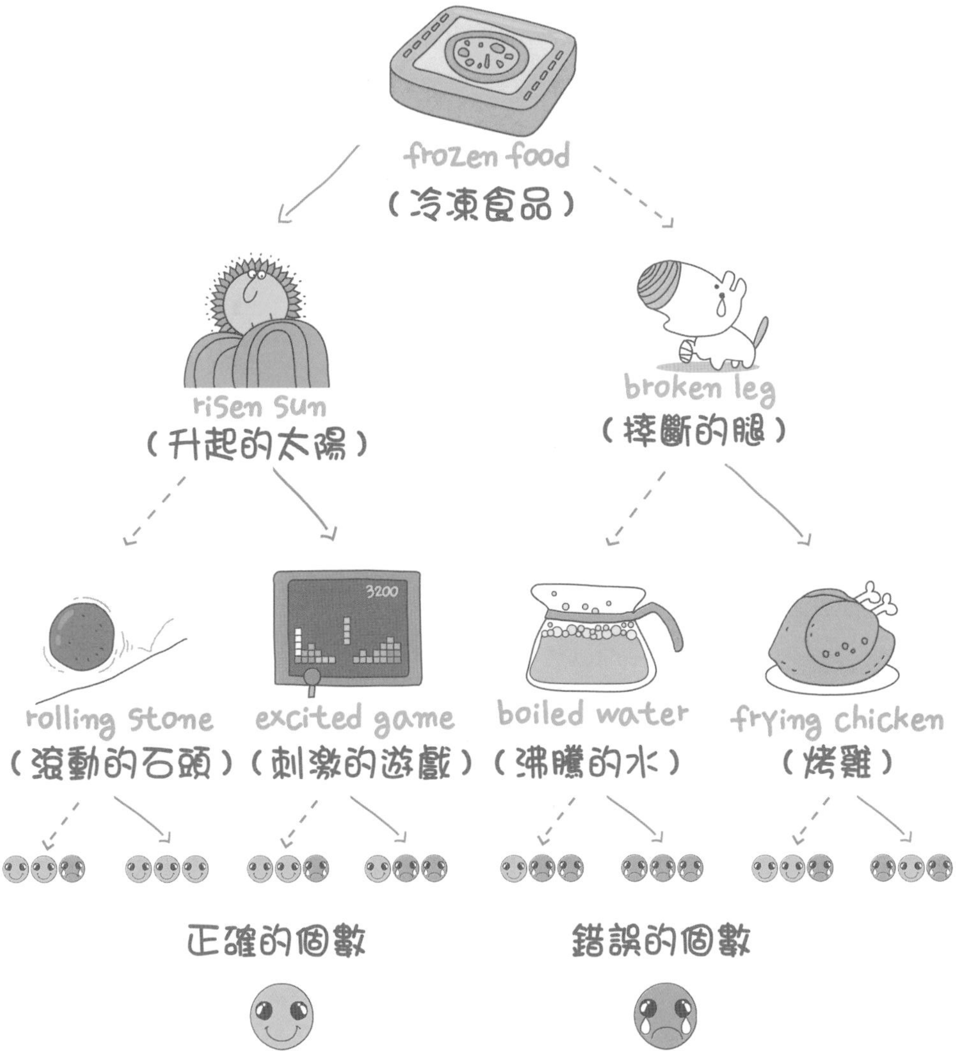

frozen food
（冷凍食品）

risen sun
（升起的太陽）

broken leg
（摔斷的腿）

rolling stone
（滾動的石頭）

excited game
（刺激的遊戲）

boiled water
（沸騰的水）

frying chicken
（烤雞）

正確的個數

錯誤的個數

 **第5章★假設語氣**

1. 什麼是語氣？

part3-ch5-p1.mp3

　　語氣，是透過動詞來表示動作或狀態的一種語法形式。根據句子表現方式的不同，句子的語氣（mood）也會不同。即便是動詞本身，也有語氣的表現；根據動詞形式的不同，語氣也會發生變化。在英文中，語氣大致可以分為「直述語氣、命令語氣、假設語氣」三種類型。

(1) 直述語氣（★）

　　直述語氣是一種陳述事物本身事實的表達方式。直述句、疑問句、感歎句等都屬於直述語氣。

● 直述句

He always tells a lie.

他總是撒謊。

● 疑問句

Did he tell a lie again?

他又說謊了嗎？

● 感歎句

What a pretty baby it is!

多漂亮的小嬰兒啊!

(2) 命令語氣（★）

命令語氣是一種向對象發出命令、忠告、禁止等指示的表達方式。

Close your book.　　　　[命令]
闔上你的書。

Don't do that again.　　　[禁止]
別再那樣做了。

You better not go there.　[忠告]
你最好別去那裡。

(3) 假設語氣（★★★）

假設語氣是一種對所期盼或希望的情況作假設或假定的表達方式。和「假如…，就會…」這樣的表達相當。在這裡，「假如…」是條件分句，「就會…」則是主句。

下面，我們就來看看使用了假設語氣的例句吧。

If I were a bird, I could fly to you.
假如我是一隻鳥，我就能飛向你。

If I were rich, I would buy it.
假如我很富有，我就會買下它。

就是這麼簡單！！

語氣的種類

語氣	直述語氣（直述句、疑問句、感歎句）
	命令語氣
	假設語氣

2. 假設語氣的時態

part3-ch5-p2.mp3

　　假設語氣也有時態之分。我們可以假設現在的事情，也可以假設將來會發生的事情，更可以假設過去已經發生過的事情。因此，假設語氣有四種時態，分別是現在時態、過去時態、過去完成時態以及未來時態。

(1) 現在時態〔★★★〕

　　單純地針對現在或者將來進行假設時，我們使用現在時態。

　　　　條件分句：If＋主詞＋動詞的現在式
　　　　主句：主詞＋will / shall / can / may＋動詞原形

　　　　If it rains tomorrow, we will not go on a picnic.
　　　　　（條件分句）　　　　　　　（主句）
　　　　如果明天下雨的話，我們就不會去野餐。

　　　　If he comes, I will be very happy.
　　　　　（條件分句）　　　（主句）
　　　　如果他來，我會很高興。

(2) 過去時態〔★★★〕

　　針對和現在事實相反的情況進行假設時，我們使用過去時態。

　　　　條件分句：If＋主詞＋動詞的過去式
　　　　主句：主詞＋would / should / could / might＋動詞原形

If I had a bike, I could ride it.

（條件分句）　　　（主句）

假如我有一輛腳踏車，我就能騎它。

這句話其實是在表示「現在我沒有腳踏車，所以我不能騎」這樣的意思。這個例句是對和現在的事實（沒有腳踏車）相反的情況（有腳踏車）作假設，因此要使用過去時態的假設語氣。

If I were rich, I could help the poor man.

（條件分句）　　　　　（主句）

假如我很富有，我就能幫助那個窮困的男人。

這句話其實是在表示「現在我不富有，所有我不能幫助那個窮困的男人」這樣的意思，即對和現在的事實（我不富有）相反的情況（我很富有）作假設，因此要使用過去時態的假設語氣。

但是，在過去時態的假設語氣句中，當條件分句的動詞是 be 動詞時，無論主詞是什麼，be 動詞一定都要用「were」。

(3) 過去完成時態（★★★）

針對和過去事實相反的情況作假設時，我們要使用過去完成時態。

條件分句：If＋主詞＋had＋過去分詞

主句：主詞＋would / should / could / might＋have＋過去分詞

If I had been a good boy, I could have made mom happy.

　　（條件分句）　　　　　　　（主句）

假如我以前是一個好孩子，我就能讓媽媽感到高興了。

前面這個例句其實含有「我過去不是一個好孩子，所以沒能讓媽媽感到高興」這樣的意思。這句話是對過去的事實（過去不是一個好孩子）相反的情況（過去是一個好孩子）進行假設，因此我們要使用過去完成時態。像這個例句這樣，過去完成時態的假設語氣句子可以表現對於過去的事情感到後悔或者感慨。

(4) 未來時態〔★★★〕

針對在未來幾乎沒有可能發生的事情進行假設時，我們也要使用假設語氣。

條件分句：If＋主詞＋should / were to＋動詞原形
主句：主詞＋would / will＋動詞原形

If it should rain, I would help you.
　（條件分句）　　　（主句）
假如真的下雨了（雖然這種可能性很低），我就幫你。

If I were to be born again, I would be a good man.
如果我能再出生一次（雖然不可能再出生一次），我會是一個好人。

就是這麼簡單！！

假設語氣構造

種類	條件分句	主　句
現在	If＋主詞＋動詞的現在式	主詞＋will / shall / can / may＋動詞原形
過去	If＋主詞＋動詞的過去式	主詞＋would / should / could / might＋動詞原形
過去完成	If＋主詞＋had＋過去分詞	主詞＋would / should / could / might＋have＋過去分詞
未來	If＋主詞＋should / were to＋動詞原形	主詞＋would / will＋動詞原形

3. 需要注意的假設語氣

part3-ch5-p3.mp3

(1) 沒有 if 的假設語氣（★★★）

　　「if」是造假設語氣句子時使用的一個介系詞。但是，假設語氣句子也有省略「if」的情況。

Were I there, I would help you.
如果我在那裡，我就會幫你。

　　這個句子原本是「If I were there, I would help you.」。像這樣省略「if」的情況，條件分句的 be 動詞或者助動詞都需要提前放至主詞之前，即主詞和動詞的位置要互換。

(2) I wish的假設語氣（★★★）

● 和現在事實相反　　條件分句：I wish
　　　　　　　　　　主句：主詞＋過去時態假設語氣

● 和過去事實相反　　條件分句：I wish
　　　　　　　　　　主句：主詞＋過去完成時態假設語氣

I wish I could buy a car.
我希望我能買一輛車。

I wish I had bought a car.
我希望那時我有買一輛車。

　　包含「I wish」的句子，用中文來翻譯，可以譯為「假如…，該有多好啊」這樣的意思。當要表現無法實現的事情，或者對無法實現的事情感到遺憾可惜時，可以使用「I wish」這樣的表達方式。上面的第一個例句是對和現在

事實相反的情況作假設，因此「I wish」後的句子要用過去時態的假設語氣。而第二個例句是對和過去事實相反的情況作假設，因此要用過去完成時態的假設語氣。

(3) as if 的假設語氣（★★★）

He talks <u>as if</u> <u>he had lived in Japan.</u>
　（主句）　　　　　　　（條件句）

他說得好像他以前在日本住過似的。

Marie sometimes acts <u>as if</u> <u>she were a princess.</u>
　　（主句）　　　　　　　　　（條件句）

瑪麗有的時候表現得像一個公主似的。

　　包含「as if」的假設語氣的句子，用可以譯為「像…似的」。上面的第一個例句是對和過去的事實相反的情況作假設，因此條件句要用過去完成時態的假設語氣。第二個例句是對和現在的事實相反的情況作假定，因此條件句要用過去時態的假設語氣。

就是這麼簡單!!

特殊的假設語氣

種類	涵義
省略 if 的假設語氣	假如…
I wish 假設語氣	假如…，該多好啊
as if 假設語氣	像…似的

Practice 練習題

1. 請選出下列句子中和其它三句性質不一樣的句子。（ 　 ）

① Were I you, I would not lend him money.
如果我是你，我不會借錢給他。

② If you have any questions, feel free to ask me.
如果你有任何問題，可以隨時來問我。

③ I wish it were true.
我希望那是真的。

④ Wow, there's Niagara Falls!
哇，那是尼加拉瓜大瀑布耶！

2. 請在空格處填入（ 　 ）中動詞的正確形式。

1) If I _____ you, I would forgive him.
如果我是你，我會原諒他。

（be）

2) If I _____ the game, I would be happy.
假如我贏得了那場比賽，我將會很高興。

（win）

3) If he _____ Korean well, we could have been friends.（speak）
如果他當時很會說韓國話，我們就能成為朋友。

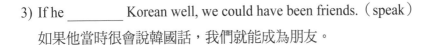

3. 請選出（　　）中正確的詞，並用○標示出來。

1) If it（is, will, be）fine tomorrow, we will go on a picnic.
   如果明天不下雨，我們就去野餐。

2) If he（helped, had helped）me, I would have finished my homework.
   假如他那時幫我的話，我就能完成我的作業。

3) If I（was handsome, were handsome）, I would be happy.
   如果我長得帥，我就會很幸福。

4. 請使用（　　）中的單字造句。

1) （lunch / win / you / will / the game / I / if / buy）
   如果我贏了那場比賽，午飯我就請客。

   →＿＿＿＿＿＿＿＿＿＿＿＿＿＿＿＿＿＿＿＿＿＿＿＿＿

2) （speak / well / as / he / if / German / were）
   他的德語說得像德國人一樣好。

   →＿＿＿＿＿＿＿＿＿＿＿＿＿＿＿＿＿＿＿＿＿＿＿＿＿

〈52~53 頁〉

1. 名詞複數形的構造

1) seven, candles, 7

2) four, lollipops, 4

3) seven, candies, 7：以「子音＋y」結尾的名詞，變「y」為「i」，再加「-es」。

4) two, sandwiches, 2：以「-ch」結尾的名詞，加「-es」。

5) five, knives, 5：以「-fe」結尾的名詞，變「fe」為「v」，再加「-es」。

2. 選出錯誤的名詞複數形

1) ○

2) ○

3) ×：「fish」的單數和複數同形。（→fish）

4) ○：「water」是物質名詞，因此不能造出複數形。

5) ×：「child」是一個複數形不規則變化的名詞。（→children）

6) ×：「person」應該用複數形。（→persons / people）

7) ○

☆☆☆☆☆☆☆☆☆☆☆☆☆☆☆☆☆☆☆☆☆☆☆☆☆☆☆☆☆☆☆☆☆☆

〈81 頁〉

1. 人稱代名詞的格的應用

1) I：「Tom and me」位於主詞位置上，因此「me」應改為主格「I」。

2) We：「Our」是所有格，應改為主格「We」。

3) him：位於間接受詞的位置上，因此應改為受格「him」。

2. 填入正確的代名詞

1) me：介系詞「at」後應跟上受格。

2) himself：反身代名詞的強調形式。

3) His：應填入所有格代名詞。「Tom's brother」是第三人稱單數，因此應該用「His」。

4) It：應該用表示日期的非人稱代名詞「it」。

5) This：指示人時，也可以使用指示代名詞「this」。

6) Whose：應該用疑問代名詞「who」的所有格。

☆☆☆☆☆☆☆☆☆☆☆☆☆☆☆☆☆☆☆☆☆☆☆☆☆☆☆☆☆☆☆☆☆☆

〈113-114 頁〉

1. 選出正確的動詞

1) play（演奏）　　　　　　2) swim（游泳）

2. be 動詞的一致

1) am　　　　　　　　　　2) are

3) is　　　　　　　　　　4) are

3. 數的一致

1) know：主詞是第一人稱單數，因此應使用動詞原形。

2) works：主詞是第三人稱單數，因此應使用動詞原形加「-s」的形式。

3) skate：主詞是第三人稱複數，因此應使用動詞原形。

☆★☆★☆★☆★☆★☆★☆★☆★☆★☆★☆★☆★☆★☆★☆★☆★☆

〈133-134 頁〉

1. 選出恰當的形容詞

1) ② 這些的味道很酸。

（①辣的　　　　②酸的　　　　③鹹的）

2) ① 外面很冷。

（①冷的　　　　②熱的　　　　③暖和的）

3) ② 我們喜歡中國菜。

（①韓國的　　　②中國的　　　③義大利的）

4) ② 那個女孩非常有禮貌。

（①安靜的　　　②有禮貌的　　　③生氣的）

2. 比較級和最高級的應用

1) longer

2) happier

3) most famous

4) least

3. 使用正確的形容詞

1) much：「food」是不可數名詞，因此應改為「much」。

2) many：「children」是可數名詞，因此應改為「many」。

3) little：「money」是物質名詞，是不可數的，因此應改為「little」。

4) a few：「friend」是可數名詞，因此應改為「a few」。

5) 正確的句子：在「請給我…」這樣表示請求的句子中，即使是疑問句，
也要用「some」，而不是「any」。

4. 「some」和「any」的區別

　　1) Any：是「無論哪一個」的意思，因此應用「Any」。

　　2) any：否定句中，表示「任何一個」時，用「any」。

　　3) any：疑問句中，表示「任何一個」時，用「any」。

　　4) some：鄭重地表達時，用「some」。

☆☆☆☆☆☆☆☆☆☆☆☆☆☆☆☆☆☆☆☆☆☆☆☆☆☆☆☆☆☆☆☆☆☆☆

〈148-149 頁〉

1. 選出使用錯誤的副詞

　　② → He hit the ball hard.

　　「hard」這個詞，形容詞和副詞的是同形的。在「hard」後添加「-ly」後，成
　　　了一個表示「幾乎沒有…」這樣意思的副詞，和形容詞的意思完全不一樣。

2. 填入恰當的頻率副詞

　　1) often

　　2) Sometimes

　　3) once

3. 容易混淆的副詞的用法

　　1) much：後面出現了「older」這個比較級，因此應該使用修飾比較級的
　　　「much」。

　　2) before：模糊地表示「…之前」，發生在過去的事情，因此應使用
　　　「before」。

　　3) yet：「yet」在否定句中是「還沒有」的意思。

　　4) late：「late」是表示「晚」的副詞，而「lately」是表示「最近」的副詞。

☆☆☆☆☆☆☆☆☆☆☆☆☆☆☆☆☆☆☆☆☆☆☆☆☆☆☆☆☆☆

〈163-164 頁〉

1. 選出恰當的介系詞

1) on：表示在沙灘上，而且是和沙灘表面相接觸的狀態，因此要使用「on」。

2) between：表示在兩者之間，用「between」。

3) around：表示「在…周圍」，用「around」。

4) toward：表示「朝、向…」，用「toward」。

2. 區分容易混淆的介系詞

1) at：表示「8 點」這樣的很短的時間，要用「at」。

2) During：後面沒有出現用詳細數字來表示的時間，因此要用「during」。

3) by：來（come）的動作從現在開始，到 5 點前必須完成，因此要用「by」。

4) on：表示在床上，並且和床的表面相接觸，要用「on」。

5) under：表示垂直地「在…之下」時，用「under」；表示不完全垂直狀態的「下面」時，才用「below」。

6) among：有「很多人」時，表示三名以上，要用「among」。

3. 選出意思相反的介系詞

1) under

2) down

3) to

4) out of

☆☆☆☆☆☆☆☆☆☆☆☆☆☆☆☆☆☆☆☆☆☆☆☆☆☆☆☆☆☆☆☆

〈173-174 頁〉

1. 寫出正確的連接詞

1) and

2) but

3) or

2. 將相關連接詞補充完成

1) or

2) but also

3) and

3. 選出正確的從屬連接詞

1) As soon as

2) although

☆☆☆☆☆☆☆☆☆☆☆☆☆☆☆☆☆☆☆☆☆☆☆☆☆☆☆☆☆☆☆☆

〈185-187 頁〉

1. 被動語態句子的構造

1) I：在主詞的位置上，因此主動語態中受格（me）應轉換為主格。

2) was written：主詞是「The book（第三人稱單數）」，時態是過去時態，因此 be 動詞要轉換為「was」，並且要使用「write」的過去分詞「written」。

3) by him：主動語態句子中的主詞被轉換為受格「him」後，要用表示「由、根據、依照…」的介系詞「by」。

2. 第四句型被動語態的構造

1) I was given the flowers by him.

2) The flowers were given to me by him.

3. 不用「by」的被動語態的慣用表達

1) at：be surprised at（對…感到驚訝）

2) in：be interested in（對…感興趣）

3) with：be disappointed with（對…感到失望）

4) from：be made from（由…製成）：材料的形態發生了變化時使用。

5) of：be made of（由…製成）：材料的形態得以保持時使用。

☆☆☆☆☆☆☆☆☆☆☆☆☆☆☆☆☆☆☆☆☆☆☆☆☆☆☆☆☆☆☆☆☆☆

〈196-197 頁〉

1. 不定詞用法的理解：答案③

① 「To park」在主詞的位置上，是表示「做…事」的名詞性用法。

② 「to go」在受詞的位置上，是表示「做…事」的名詞性用法。

③ 「To drive」意為「為了做…」，是副詞性的用法。

④ 「to cook」在補語的位置上，是表示「做…事」的名詞性用法。

2. 不定詞的應用

1) be：「to 不定詞」後總是跟上動詞原形。因此這裡要用「be」。

2) to：這句話修飾「something」的是它後面的 to 不定詞。因此，動詞前應加上「to」。

3) study：「see」是一個感官動詞，因此在受詞的位置上要用動詞原形不定詞。

3. 使用 to 不定詞和動詞原形不定詞的動詞的區別

1) I heard him cry.

:「 hear」後接動詞原形不定詞。

2) We plan to start studying English this year.

:「plan」是一個使用 to 不定詞的動詞。

3) He had me leave here.

:「have」是一個表示「讓」的使役動詞，因此後面要用動詞原形不定詞。

4) She hopes to be a teacher.

:「hope」表示將來希望時，用 to 動詞不定詞。

5) John made me help Jane.

:「make」是一個表示「讓」的使役動詞，因此後面要用動詞原形不定詞。

6) I would like to meet you.

:「would like」是「願意」的意思，表示將來的事情，因此用 to 不定詞。

☆☆☆☆☆☆☆☆☆☆☆☆☆☆☆☆☆☆☆☆☆☆☆☆☆☆☆☆☆☆☆☆☆☆

〈204 頁〉

1. 使用動名詞或 to 不定詞

1) ○：「like」是一個既可接動名詞也可接 to 不定詞的動詞。因此「playing」
的位置上用「to play」也可以。

2) X：「enjoy」是一個只能接動名詞的動詞。因此「to travel」應改為
「traveling」。

3) ○：「hate」是一個既可接動名詞也可接 to 不定詞的動詞。因此「to
go」的位置上用「going」也可以。

4) X：「finish」是一個只能接動名詞的動詞。因此「to setting」應改為
「setting」。

2. 使用和句意相符的動名詞或 to 不定詞

1) reading：「enjoy」是一個只接動名詞的動詞，因此用「reading」。

2) smoking：雖然「stop」是一個可接動名詞也可接 to 不定詞的動詞，但是接動名詞和接 to 不定詞時，意義不一樣。句中是「停止做…」的意思，因此其後應該接動名詞。若要表示「為了做…而停止…」，則其後應接 to 不定詞。

3) helping：表示「忙於做…」時，要用慣用表達「be busy V-ing」。因此這裡要用「help」的動名詞形式。

4) wash：「let」是一個表示「讓」的使役動詞，因此這裡要用動詞原形不定詞。

☆☆☆☆☆☆☆☆☆☆☆☆☆☆☆☆☆☆☆☆☆☆☆☆☆☆☆☆☆☆☆☆☆☆☆

〈212-213 頁〉

1. 區分現在分詞和過去分詞的使用

1) used：「car（車）」是使用過的，因此應該用表示被動意義的過去分詞。

2) barking：吠叫的東西是「dog（狗）」，狗是吠叫的主體，因此應使用現在分詞「barking」。

3) opened：門不是自己打開的，應該要由人來把門打開，因此是一個被打開的狀態，要用表示被動意義的過去分詞「opened」。

2. 現在分詞用法的區別

③「burning」是用來修飾名詞「house」的，是限定性用法的表現。其它幾句都是對主詞進行補充說明的主詞補語。

3. 區分現在分詞和過去分詞的使用

frozen food（○）

risen sun（X）→ rising sun

：「正在升起的太陽」，這裡「太陽」是主體，因此應該使用現在分詞
　　「rising」。

broken leg（○）

rolling stone（○）

excited game（X）→ exciting game

：「刺激的」主體是「game（遊戲）」，因此要用「exciting」。

boiled water（X）→ boiling water

：水自己燒開，因此應改為現在分詞「boiling」。

frying chicken（X）→ fried chicken

：雞不是自己烤好的，而是用烤爐烤好的，因此帶有被動意義，應使用過
　　去分詞。

☆☆☆☆☆☆☆☆☆☆☆☆☆☆☆☆☆☆☆☆☆☆☆☆☆☆☆☆☆☆☆☆☆☆☆

〈221-222 頁〉

1. 語氣的區別

答案④

①、②、③都是假設語氣的句子，而④是一個直述語氣的感歎句。

2. 使用正確時態的假設語氣

1) were：是過去時態假設語氣。儘管主詞是「I」，但是動詞一律要使用
　　「were」，這一點一定要多加注意。

2) should win：對未來不確定的情況進行假設，要用未來時態假設語氣。

3) had spoken：這句話實際是在說「我們沒能成為朋友」這件發生在過去的
　　事情。在對過去的事情表示遺憾時，應該使用過去完成時態假設語氣。

3. 選擇時態正確的假設語氣動詞

    1) is：是單純地對未來進行假設，因此用現在時態「is」。

    2) had helped：沒有完成作業這件事發生在過去，因此要用過去完成時態假設語氣。

    3) were handsome：是過去時態假設語氣，因此不應用「was」，而要用「were」。

4. 假設語氣構造

    ①If I win the game, I will buy you lunch.

    ②He speaks German well as if he were German.

片語：由兩個以上的單字合併而成，表示一個意思（P. 165）

五畫

主句：能成為句子內容核心的分句（P. 167）

主動語態：由主體直接施加動作形式的句子（P. 176）

主詞：發出行為的人物、場所或事物，即句子的「主角」（P. 10）

代名詞：代替名詞使用的詞（P. 54）

代動詞：代替動詞使用的詞（P. 85）

句型：根據句子的構成成分來進行的句子分類（P. 12）

未來完成：表示到未來的某一時間點為止的狀態（P. 112）

未來時態：表示以後將要發生的動作或狀態（P. 105）

未來假設語氣：對幾乎或完全不可能實現的事情進行假設（P. 218）

未來進行：表示會在未來一直持續做的事（P. 108）

母音：英文字母中「a, e, i, o, u」這五個字的發音（P. 40）

六畫

先行詞：位於關係代名詞前面的名詞或代名詞（P. 73）

名詞：人物、動物、場所、事物或思想的名字（P. 38）

七畫

助動詞：幫助動詞的動詞（P. 84）

否定句：含有否定意味的句子（P. 19）

完成時態：從某一時間點開始，到另一時間點結束一直持續狀態的時態（P. 109）

序數：添加了順序意義的數字（P. 120）

形容詞：表示人物或事物的狀態、種類或個數等，對名詞或代名詞作進一步描述的詞（P. 115）

八畫

使役動詞：表示「讓他人做某事」的意思的動詞（P. 193）

受詞補語：對受詞進行補充說明的詞（P. 17）

十一畫

台灣廣廈 國際出版集團
Taiwan Mansion International Group

國家圖書館出版品預行編目（CIP）資料

實體書＋有聲書！1本就通！小學生必備英文文法／Open Thinking
Publishing Co. 著; -- 初版 -- 新北市：
國際學村, 2024.05
　面；　公分
978-986-454-352-6（平裝）
1. CST: 英語 . 2. CST: 文法

805.16　　　　　　　　　　　　　　　　113003862

國際學村

實體書＋有聲書！1本就通！小學生必備英文文法
用聽的＋開口跟著唸，搭配插圖的視覺效果，0～99歲都適用！

作　　　者／Open Thinking Publishing Co	編輯中心編輯長／伍峻宏‧編輯／許加慶
譯　　　者／劉莎	封面設計／陳沛涓‧內頁排版／菩薩蠻數位文化有限公司 製版‧印刷‧裝訂／皇甫‧秉成

行企研發中心總監／陳冠蒨　　　　　　線上學習中心總監／陳冠蒨
媒體公關組／陳柔彣　　　　　　　　　產品企製組／顏佑婷
綜合業務組／何欣穎　　　　　　　　　企製開發組／江季珊

發　行　人／江媛珍
法 律 顧 問／第一國際法律事務所 余淑杏律師‧北辰著作權事務所 蕭雄淋律師
出　　　版／國際學村
發　　　行／台灣廣廈有聲圖書有限公司
　　　　　　地址：新北市235中和區中山路二段359巷7號2樓
　　　　　　電話：（886）2-2225-5777‧傳真：（886）2-2225-8052
讀者服務信箱／cs@booknews.com.tw

代理印務‧全球總經銷／知遠文化事業有限公司
　　　　　　地址：新北市222深坑區北深路三段155巷25號5樓
　　　　　　電話：（886）2-2664-8800‧傳真：（886）2-2664-8801
郵 政 劃 撥／劃撥帳號：18836722
　　　　　　劃撥戶名：知遠文化事業有限公司（※單次購書金額未達1000元，請另付70元郵資。）

■出版日期：2024年05月　　　　　　ISBN：978-986-454-352-6
　　　　　　2024年08月2刷